KB137642

# 측간의 철학 시간

# 측간의 철학 시간

발 행 | 2017 년 7월 25일

지은이 | 박방희
펴낸이 | 신중현
펴낸곳 | 도서출판 학이사
출판등록 : 제25100-2005-28호
주소 : 대구광역시 달서구 문화회관11안길 22-1(장동)
전화 : (053) 554~3431,3432
팩스 : (053) 554~3433
홈페이지 : http : // www.학이사.kr
이메일:hes3431@naver.com



ISBN _ 979-11-5854-087-6 03810

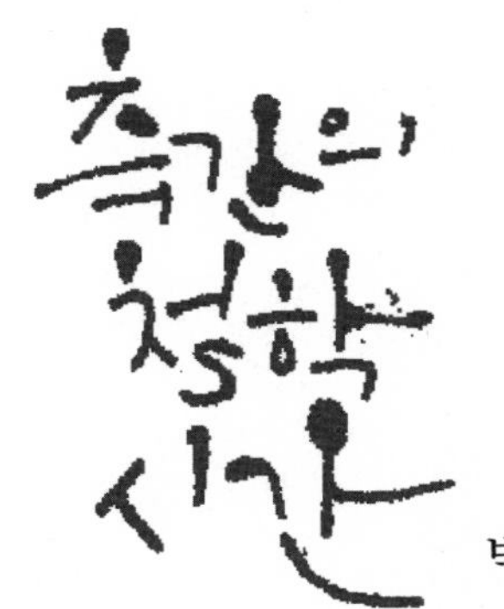


박방희 지음

學而思 | 학이사

# 머리말

로댕의 〈생각하는 사람〉은 마치 측간에 앉아
생각에 빠져있는 사람의 모습 같다.
누구라도 변기에 앉으면 그런 자세가 되지 않는가.

사람은 대개 하루에 한 번 꼴로 측간에 간다.
닫힌 그곳에서 오로지 자기만의 시간과 공간을 갖는다.
고요의 순간이고 집중의 시간,
그 짧은 시간들을 위해 이 단상을 썼다.
무언가 깊이 있는 명제를 풀어놓은 게 아니다.
그저 바쁘게 현대를 살아가는 사람들,

직장인과 가정주부들
성적 경쟁에 내몰리는 학생과 수험생들이
가볍게 읽으며 머리를 식히고
정신을 맑게 할 수 있기를 바라는 마음에서 쓴 책이다.

원고를 묶어 독자들과 소통하게 해준
학이사에 깊은 감사를 드린다.

2017년 한여름
박방희

차례

# 직선에서 길을 잃다

# 1
# 아름다움

1.

누구나 아름다움을 생각하는 한 아름다워지는 법이다.
소녀들이
처녀들이
웨딩드레스 속의 신부新婦들이
젊은 여인네들이 아름다울 것은 분명한 이치이다.

따라서 우리는 아름다워질 수가 있다.

2.

세상에는 '못난 아름다움' 이란 것도 있다.
말하자면 못나서 아름다운 사람도 있는 법이다.
못 생겨서 예쁜 것들이 있는 것처럼.

## 2
## 늘 푸른 솔

솔은 늘 푸르다.
솔이 늘 푸를 수 있는 것은
늘 새잎을 내기 때문이다.

그것에 앞서
솔은 늙거나 병든 잎사귀를 언제든 벗어 놓는다.
그리고 바로 그 자리에 새잎은 솟아오른다.

새로 밀고 나온
바늘과 같이 뾰족한 잎은
갓 띤 푸름으로 더욱 선명하다.

춘. 하. 추. 동
솔이 늘 푸를 수 있는 것은
이처럼 끊임없는 자기 쇄신刷新 때문이다.

# 3
# 청소년들에게 주는 충고

1. 자기를 이루어 가라

세상에는 자기를 이룬 사람이 있는가 하면
그렇지 못한 사람도 있고 남을 이루게 함으로써 자신을 이루는 사람도 있다.

청소년들이여, 무엇보다도 자기를 이루어 가라!
그대는 아직 그대가 아니다.
지금은 스스로를 도울 때, 차근차근 자기를 이루어 가라.

2. 내가 나를 낳는다

사람은 누구나 자기가 자기를 낳는다.
오늘의 나는 내가 낳은 자식이다.
그러므로 오늘의 나는 내일의 나의 아버지이고
어제 나였던 사람의 자식이 된다.
따라서 우리 모두 자신의 책임은 자기에게 있다.

3. 너는 아직 네가 아니다

청소년들이여, 아직 그대는 그대가 아니다.

하나, 둘, 자기를 이루어 가라.

그리하여 훗날, 자기가 낳은 자신을 보며 미소할 수 있도록

스스로 노력하고 채찍질하라!

# 4
# 비탈에 선 나무

아무리 경사진 곳에 자리한 나무라도 똑바로 선다.
즉 하늘로 곧게 자란다.

이는 나무가 땅의 기울기에 맞춰 서는 것이 아니라
하늘을 보고 하늘에 맞춰 자라기 때문이다.

사람도 이와 같아야 한다.
아무리 비뚤어지고 척박한 환경이라 해도
똑바로 몸을 세워야 한다.

누구든 지향하여 나아갈 목표는 머리 위의 하늘이지
발 딛고 있는 바닥의 땅이 아닌 것이다.

# 5
# 젊음과 미래

미래의 불안에 떨지 말라. 우리는 지금 현재를 살고 있지 않는가. 미래에 관한 불안은 미래에는 막을 수 없다. 오직 현재만이 막을 수 있다. 누구든 자신의 현재를 충실히 산다면 미래의 불안 따위는 미래까지 갈 것 없이 바로 지금 해결할 수 있다. 그러므로 자신의 현재를 지배하는 사람은 자신의 미래까지도 지배한다.

새는 공중을 두려워하지 않는다.

그 곳에 앉을 가지가 없어도….

그건 물고기가 물이 많다고 강江을 두려워하지 않는 것과 같다. 마찬가지로 젊은이가 다가올 미래未來를 두려워해서는 안 된다. 미래야말로 마음껏 날아 볼 창공이요, 헤엄칠 바다가 아니겠는가.

# 6
# 인간 보기

1.

우리가 인간을 보자면 인간 자체만 보아서는 안 된다.

사람과 사람 사이, 다시 말해 인간人間을 보아야 한다. 그래야만 인간도 잘 보이고 세상도 제대로 보인다.

우리는 일반적으로 인간의 선의를 믿고 싶어 한다.

어떨 때는 아주 간절하게까지 말이다. 그렇다면, 마찬가지로 우리는 인간의 악의도 믿어야(예상해야) 한다. 때때로 지독히 치명적인 결과를 가져오기도 하는 인간의 악의惡意, 치명적이고도 결정적인 악의 말이다.

2.

누구든 대기하는 동안은 기대하는 법이다.

그리고 대우해 달라는 것은 우대해 달라는 이야기이다.

## 7
## 현재의 삶

1.

내가 현재에 충실한 것은, 또 충실하고자 애쓰는 것은
현재야말로 바로 지금 내 눈앞에서 사라지는 시간이기 때문이다.

다시 말해 현재現在란 재현再現할 수 없는 시간이다.

2.

현재의 시간을 보기란 쉬운 게 아니다.
매초 매초 계속해서 보고 있지 않으면
이내 우리는 과거의 시간을 읽고 만다.

# 8
# 오늘

1.

오늘 시작되어 오늘 끝나는 것이 오늘이다.
그러므로 바로 그 오늘을 놓치지 말라.

오늘의 값은 오늘이 아니라 내일이 되어야 정할 수 있다.
일상의 하루하루, 따분하고 별 볼일 없는 그 하루도
내일이 되어 보면 얼마나 귀중한 하루였던가를 알 수 있다.
문제는 세상만사가 다 이와 비슷하다는 것이다.
인간은 그저 하루하루를 충실히 삶으로써
자신의 일생을 충실히 할 수 있다.

2.

날짜日字 잡는 사람이 있지만
날日이라는 것은 날아간다.
아무리 움켜잡으려 해도 소용이 없다.

## 9
## 밤과 어둠

어둠은 빛 속으로 들어오면 사라진다.
그건 어둠의 노력 때문이 아니라 빛의 밝음 때문이다.

빛은 늘 거기 빛나고 있다.
밤이란 다만 지구가 등을 돌려
스스로의 그림자로 가려졌을 때를 일컫는다.
그러므로 밤이 길어 봤자 겨우 하룻밤 동안이고
어둠이 암만 깊어 봤자 동트는 새벽이면 끝난다.

그러므로 우리가 등만 돌리지 않으면
우리는 빛 속에 있게 됨이고
비록 밤이라 할지라도
어둠 그 너머에는 희망이 비치고 있다는 얘기이다.

# 10
# 멀리 가는 새

멀리 나는 새는 날갯짓을 자주 하지 않는다.
먼 길을 가는 사람도 그렇다.
종종걸음으로는 결코 멀리 갈 수 없는 것이다.

서 있을 때 우리는 두 발을 땅에 내려놓아야 한다.
그러나 우리가 걸을 때는 한 발만 땅에 내려놓는다.
그렇지 않으면 걸을 수가 없고 나아가 전진할 수도 없다.
다시 말해 우리는 길을 걸을 때나 달릴 때 한 발은 언제나 들고 있다.

얼레가 편히 쉴 수 있을 때는
연을 공중 높이 띄워 올려놓았을 때이다.

## 11
# 온전한 하나

하나를 온전히 알기란 쉽지 않다.

하나라도 온전히 알면 전부를 아는 것임에도 말이다

# 12

# 단 한 사람

– 단 한 사람의 존재가 세상과 맞먹을 때가 있다

사람은 더러 세상과 맞서 싸워야 할 때가 있다.
주변의 모든 것이 적대적이고 철저히 자기 혼자일 때
편이 되어 줄 단 한 사람의 우군만 있어도 외롭지 않다.
그를 마지막까지 지지해 줄 단 한 사람의 친구,
단 한 사람의 동지, 단 한사람의 후원자만 있어도
세상 모든 사람들과 대적해 나갈 힘과 용기를 얻는다.

하나라는 건 때로 전부와 맞먹고 세상에 값하는 것이다.
그 하나가 한 사람의 운명을 바꾸기도 하고
세상을 바꾸기도 한다.

당신에게 그 한 사람이 존재하는가?

## 13
## 준비

준비準備는 어떤 조약이 효력을 내기 위해서는
반드시 거쳐야 하는 비준批准과 같은 것이다.
그러므로 어떤 일을 성공시키자면 그것을 보증하는 비준,
즉 준비를 철저히 해야 한다.

비준의 단계, 즉 준비 단계를 거치지 않고
일의 성과를 기대한다는 것은
효력을 상실하여 단지 휴지 조각에 불과한
어떤 조약이 지켜지기를 바라는 것과 같다.

준비란 항상 지나침이 없다.

## 14

## 착수着手

안 하면 결국 못 한 것이 된다.

헤엄치자면 어쨌든 물에 들어가야 한다.

착수하지 않으면 한 것이 아니다.

세상에는 준비만으로 되는 것이 없다.

무엇이든 착수하지 않으면 아무것도 한 것이 없다.

착수에는 구체적이고도 직접적인 행위가 필요하다.

커다란 새장을 끌고 온종일 숲속을 헤매어도 새는 날아들지 않는다.

새를 잡아넣지 않으면 언제나 빈 새장일 뿐이다.

그런데 수많은 준비만으로 끝내는 사람이 있다.

더러는 착수까지 하고 끝내지 않는 사람도 있다.

끝내지 않는 일, 또한 한 것이 아니다.

시작은 결코 반이 아니다. 시작은 끝내면 전부가 되지만,

끝내지 않으면 반은커녕 일부도 아닌 것이다.

## 15
# 일

1.

세상에 쉬운 일이라고는 없다.
때로는 아무것도 안하는 것조차 어려운 일일 수가 있다.
쉬운 일의 열매는 장마철에 익은 과일처럼 달지도 않다.
쉽게 한 일의 결과는 승패여부를 떠나 보람이 적다.

2.

우리는 일을 통하여 배운다.
일이 성공했든 실패했든 결과는 마찬가지이다.
실패한 일에서는 실패를 배울 수가 있고
그것은 성공 이상의 의미가 있다.
적어도 최선을 다한 일의 실패에 있어서는 그렇다.
최선을 다한 일을 통하여
우리는 성공 이상의 것을 얻고 배우는 법이다.

## 16
# 일과 몰두

어떤 일을 가장 잘 하자면 그 일에 몰두하는 것이다. 우리가 무엇에든지 열중하면 무념의 상태가 된다. 그런 망각의 상태에서 사람은 없어지고 일만 남는다. 그리고 바로 그때 가장 많은 일을 해치운다. 어떤 일이든 힘든 줄도 모르고, 저절로 진행되어 어느새 끝나 있게 된다.

그러므로 일에 열중하여 몰두하는 것, 나아가 몰아지경에서 자기는 잊고 일만 남을 때 일은 가장 빠르게 진전되며 가장 좋은 결과를 가져온다.

이와 반대로 아무리 쉬운 일이라도 의식적이 되면 쉬운 것이 될 수 없다. 이를테면 숨 쉬는 것도 의식적이 되면서부터 일이 되는 것이다. 그러므로 어떤 일에 몰두하는 것은 그 일을 아주 잘 하게 할 뿐 아니라 가장 수월하게 할 수 있게 한다.

## 17
# 미치기

'미치다' 라는 말은 어느 지점에서 출발하여
어느 지점까지 도달함의 의미이다.
즉 정신精神이 꼭대기까지 다다랐음을 말한다.
그러므로 어떤 일이든지 제대로 또는 훌륭히 완수하자면
우리는 그 일에 미쳐야 하는 것이다.
속담에도 '미친개가 호랑이 잡는다' 지 않던가!

미친 사람이란 안 미친, 못 미친 우리보다
좀 더 정신이 번쩍이는 사람이다.
그러므로 우리는 종종 미칠 필요가 있다.

## 18
# 귀

어딘가에 집중하여 귀 기울이면 사람의 귀는 필요한 소리만 골라 듣게 마련이다. 귀는 집중하는 곳으로만 열리기 때문이다. 귀는 근본적으로 의문(?)의 형상을 띠고 머리(생각) 옆에 피어 있다. 그것은 주변에 대해 궁금함을 표시할 뿐만 아니라 어떤 소리도 들을 준비가 되어 있음을 뜻한다. 그러므로 어느 한 곳으로 귀를 모으면 우리의 귀는 그쪽으로만 향해 열리게 되어 원하는 소리를 가려들을 수 있다.

토끼가 두 귀를 쫑긋이 세우고 있을 때는 자기를 좇는 10리 밖의 소리도 듣는 법이다.

귀가 모이는 곳이 있으면
바깥 골목 소리는 들리지 않는다.

# 19
# 충고

충고忠告란 하는 사람에게나 듣는 사람에게나
고충苦衷임에 틀림없다. 그러므로 충고하는 일은
양쪽 다 고충을 감수하는 것과 같다.

남을 위하여 충고하는 사람은
남을 위해 고충을 무릅쓰는 것이고
충고를 받아들이는 사람은
자기를 위하여 고충을 무릅쓰는 것이다.

사실 애정 어린 마음에서 우러나온 충고만큼
아름다운 말은 없다.
세상의 어떤 사랑의 말보다 아름답게 들린다.

# 20

# 진지함은 때로 지진을 동반한다

진지함은 진지함을 낳는다.
이 말은 어떤 사람의 진지한 자세나 태도는
다른 사람의 자세나 태도에도 영향을 미친다는 것이다.

그러므로 어떤 사람의 말이나 행동이 진지할 때, 그 말을 듣는 상대방도 똑같이 진지해진다. 진지함은 그 만큼 힘 있는 것이어서 상대방을 신뢰하게 하고, 감복하게도 한다. 더구나 요즘과 같은 가벼움과 열없음이 유행처럼 번지는 때에는, 진지함은 그만큼 감동적인 것이 되어 우리를 흔들어 놓을 뿐만 아니라, 기꺼이 그 사람에게 설복 당하게 한다.

따라서 진지眞摯함은 때로 지진地震을 동반한다.

## 21
## 기도

기도란 좋은 것이다.
두 손 모아 기도하는 동안
남의 것을 빼앗아 올 수 없고
다툼을 벌일 수도 없으니.

기도란 좋지 않을 수도 있다.
기도하는 동안은 나눠줄 수도 없고
남의 손도 잡아 줄 수 없으며
오로지 자기 손만 마주잡으니

기도란 좋은 것이지만
나눠야 할 때 나누지 않고
다른 손과 마주잡아야 할 때 마주잡지 않으면
우리가 하는 기도란 나쁜 것이다.

## 22
# 믿는다는 것

우리가 누구를 믿기로 했다면 그 사람의 거짓말까지라도 믿어야 한다. 그래야만 믿는 것이 된다. 그렇지 않고 참말만 믿는다면 그건 믿는다고 따로 말 할 것도 없다. 진실을 누가 못 믿으랴? 그러므로 믿음은 거짓을 믿는 데에 의의가 있다.

우리는 보통 믿음을 약속하고 다짐한다. 그러면 그 다짐과 약속은 지켜져야 한다. 믿음이 소중하다면 약속 또한 소중하고, 믿음의 약속은 거듭 소중한 것이 되므로, 우리는 그 약속을 지켜야 한다. 우리가 믿는 사람의 거짓말까지 믿고 거짓에까지 신뢰를 보여줄 때, 그건 감동적인 것이 된다. 그리하여 상대방으로 하여금 믿음의 소중함을 깨닫고, 다시 그 믿음에 충실하기 위해 노력하게 만든다.

다시 말해 거짓인 줄 알면서도 믿음을 보여줄 때, 그 믿음은 거짓을 참으로 바꿔 놓는 힘이 있다.

# 23
## 이상과 현실

이상理想은 현실現實과 상이하고

현실은 이상을 실현實現하기 힘들게 한다.

그러나 그 이상이 현실을 바꾸고 현실을 끌고 나간다.

따라서 이상이란 아주 힘이 있는 것이다.

그러므로 이상을 가져라.

이상이야말로 현실 이상의 현실을 실현케 하고

현실을 뛰어넘는 원동력이 된다.

원래, 이상해 보이는 이상이란 것이

사실은 아주 현실적인 것이다.

## 24
# 곧게 나아가기

우리가 목표하는 지점에 닿자면 우선 바른 길로 가야 한다. 그 길이 바른 길이 아니고 그른 길이라면 엉뚱한 곳에 다다르게 된다. 다음은 가장 쉽게 갈 수 있는 길로 가야 한다. 쉬운 길은 수월할 뿐 아니라 빨리 가는 길이기도 하다. 그 길은 가고자 하는 곳까지 곧게 난 길, 즉 곧은길이다. 한 점과 한 점을 잇는 가장 빠르고 짧은 선은 직선밖에 더 있는가?

이는 인간관계나 사회생활에서도 마찬가지이다. 사회 속에서 한 점으로 존재하는 개인과 개인을 이어주는 가장 짧은 길은 직선으로 된 길, 즉 곧은길이다. 그 길을 따라 나아가면 우리는 다른 한 점, 다른 인격체와 정직하게 만나게 된다. 그런데도 우리는 얼마나 많은 우회도로를 건설하고, 꼬불꼬불 돌아가기도 하며, 심지어 엉뚱한 길을 따라가기도 하는가!

바른 길과 곧은길이야말로 모든 관계에서 첩경捷徑이 되는 길이다.

## 25
## 화음和音

화음이 아름다운 것은 음이 어우러졌기 때문이다.
아무리 아름답고 똑똑한 음일지라도
다른 음들과 어울리지 않으면
음악이 될 수 없다. 노래가 될 수 없다.

그러므로 노래가 되자면
가장 낮은 음에서 가장 높은 음에까지
서로 음계의 장에서 아름다이 어우러져야 한다.

사람의 삶도 마찬가지이다.
그것이 아름다운 인생살이가 되자면
각양각색의 사람들이 세상이라는 장에서
조화롭게 어우러져야 하는 것이다.

# 26

# 장점과 단점

## — 장단을 맞추어라

사람에게는 누구나 장점과 단점이 있다.

그러므로 서로의 장점과 단점을 잘 파악하고 있는 사이라면, 그 사이가 어떤 사이라도 서로 장단이 맞게 마련이다. 이는 오래 된 부부 사이를 보면 잘 알 수 있다. 따라서 우리는 우리가 늘 만나고 함께 하는 사람의 장점과 단점을 잘 파악해 두어야 한다. 그리고 자신의 장단점과 보완을 이루고 조화가 되도록, 서로서로 장단을 맞추어 나가야 한다. 이를테면 직장 동료사이나, 상관과 부하 사이에서, 이 장단이 맞지 않으면 일해 나가기가 어렵다.

그러므로 우리가 무엇을 하든 다른 사람과 함께 하는 것이라면 그들을 이해하며 그들과 장단을 맞춰야 한다. 그래야만 일을 수월하게 할 수도 있고 자신도 편할 수 있을 뿐 아니라, 일 자체도 장단에 맞춰 신바람 나게 할 수 있다.

## 27
# 말 잘 하는 사람

말을 잘한다는 것은 진실眞實을 이야기할 때나 성립된다.

진실 아닌 말은 백 번 잘해도 말을 잘하는 것이 아니고 잘하는 말도 아니다.

말 잘하기의 제일 테크닉은 진실이다.

이는 내용도 진실해야 되지만, 말하는 태도 또한 진실해야 함을 말한다.

아무리 그럴듯하고 번지르르하게(사실, 진실은 번지르르한 것이 아니다. 그러므로 진실은 번지르르하게 말해지지 않는다) 말을 잘 해도 그가 진실하게, 진실을 말하지 않는 한, 그는 결코 말을 잘하는 것이 아니다. 말을 잘 못하는 것이다.

세상에는 진실 이상의 웅변은 없고
진실을 말할 때는 모두 다 말을 잘하는 법이다.

## 28
## 말言은 말馬이다

말言은 말馬과 같다.

잘 다루면 타고 달릴 수 있다.

잘못 다루면 말 등에서 떨어져 목을 분지르거나, 다리를 삘 수 있다.

말이 앞서는 사람은 어떤가?

말을 앞세우고 행동이 뒤따를 수 있다면 괜찮다. 그런데 이런 사람들은 말만 앞세우지 행동은 뒤따르지 않는다. 이는 말은 먼저 보내고 자기는 고삐를 잡고 뒤따르는 것이 아니라, 고삐조차 놓아 버리는 것과 같다.

고삐 놓인 말은 우리가 탈 수 있는 말이 아니다.

저대로 달리다가 다른 사람을 치이거나,

남의 채전이나 짓밟아 놓을 따름이다.

## 29

# 명분과 실질

### — 명분만큼 분명한 지침은 없다

명분名分만큼 분명한 지침은 없다. 옳은 말이다.
그렇지만 명분만으로 되는 것은 아니다.
아무리 그럴 듯한 명분이 있다 할지라도
실질을 고려하지 않을 수 없다.
우리는 항상 실질을 고려해야 한다.
실질實質 위에 피는 꽃. 그것이 바로 명분이다.

실질 없는 명분은 뿌리 없는 꽃과 같다.
그건 열매를 맺을 수 없다.
그러므로 실질과 명분이 따로따로 있을 때에는
명분을 버리고 실질을 택하라.
실질만큼 분명한 명분도 없다.

## 30
# 해야 할 일

해야 할 일은 해야 한다.
그 일이 꼭 해야 하는 일이라면
아무리 하찮은 일이라도 중요한 일이 된다.
해야 할 일은 해야 한다.
해야 할 일을 하지 않는 사람은
결국 남이 시키는 일을 하게 된다.

내가 주인으로 살 것이냐,
종으로 살 것이냐가 거기에 달렸다.
해야 할 일을 하는 사람은 주인으로 살고
해야 할 일을 하지 않는 사람은 종으로 산다.

해야 할 일도 하지 않고
시키는 일도 하지 않는 사람은 안 시키는 일을 한다.
세상의 모든 부덕不德과 악행惡行이 거기에 있다.

# 31
# 천착穿鑿

깊이 파면 뚫리게 마련이다.

이는 사랑이나 인생, 학문이나 예술, 스포츠, 무엇이든 마찬가지이다.

사막마저도 깊이 파면 샘물이 솟아 나온다.

## 32
# 최선책

모든 것을 다 할 수 있는 사람에겐 차선책은 필요 없다. 언제나 최선책만을 얘기해 주면 된다. 그리고 모든 것을 다 할 수 있는 사람은 항상 최선책만을 고집하므로, 모든 것을 다 할 수 없어 차선책을 준비하는 사람보다 실패할 가능성이 더 많다. 왜냐하면 만약의 경우, 선택의 여지가 없기 때문이다.

완벽주의자들도 같은 오류에 자주 빠진다. 완전무결한 상태를 추구하다가 결국은 시작도 못 하고 말거나, 완성시키지 못한 채 끝을 내거나 한다. 그러므로 최선책은 차선책이 없을 때는 결코 최선책일 수가 없다. 최선이 없는 차선은 있어도 차선이 없는 최선은 이미 최선이 아닌 것이다.

완전주의자만큼 완전하지 못한 사람도 없다.
인간은 도대체 완전할 수가 없는 존재 아닌가?

# 33
# 반성反省

사람들은 쉬이 반성을 하곤 한다.
하루에도 수없이 다른 일로 반성을 하거나
같은 일로 되풀이하며 반성하기도 한다.
그러나 대개의 경우, 조금 반성하거나
아니면 반쯤만 반성하는 半省반성에 그치고 만다.
제대로 된 반성이란 그리 간단한 것이 아니다.
그러나 이 반의 반성, 즉 1/2의 반성도 안하는 사람도 있다.

참된 반성은 우리를 반쯤 성인〔半聖〕이 되게 한다.

# 34
# 성자聖者

성자란 말 그대로 거룩한 사람이란 뜻이다.

그럼, 우리 시대의 성자란 어떤 사람들인가?

히말라야 깊은 산중이나 사막 한가운데, 또는 한 번도 사람의 발길이 닿지 않은 밀림 속에서 홀로 수행하고 있는 사람들을 말하는가? 도대체 육체를 가진 인간이 거룩하면 얼마나 거룩할 수 있는가? 사람 속에서 사람과 부대끼며 살지 않고, 홀로 설원이나 깊은 숲속에서 거룩한 것은 무슨 의미가 있는가? 그러므로 나는 오늘날 우리의 성자는 그런 특별한 수행자들 속에 있는 것이 아니라, 그저 그날그날의 삶을 자성自省하며 사는 평범한 일상인들 속에 있다고 생각한다.

성자聖者란 바로 자성自省하며 사는 사람이다.

# 35
# 홀로 있기
— 全己

홀로 있을 때야말로 전적인 자기自己,

완전한 자기로 있는 시간이다.

그러므로 우리는 종종 홀로 있는 시간을 가져야 한다.

# 36

# 고요의 소리

## – 고요가 말하게 하라!

우리가 시끄러운 소리에 길들여지면 시끄러운 소리밖에는 듣지 못한다. 그래서 낮은 소리, 속삭이는 소리, 부드러움으로 흐르는 듯한 소리는 듣지 못한다.

나아가 고요가 내는 고요의 소리, 고요를 통하여 들을 수 있는 침묵의 소리, 적막의 소리, 우주의 소리도 들을 수 없게 된다.

고요의 소리는 우리가 들을 수 있는 가장 깊은 소리이다. 그 소리는 우리의 영혼에 울리는 소리이고, 우주의 소리이며, 고요를 통해 듣는 세상의 들리지 않는 소리이고, 침묵의 소리이다.

## 37
# 하느님의 일과 악마의 일

용서는 하느님의 일이다.
우리가 누구를 용서함은
하느님 일을 하는 것이 되어
하느님이 하늘에서 기뻐하실 것이다.

사랑 또한 하느님의 일이다.
우리가 서로 사랑함은
하느님 일을 하는 것이 되어
하늘의 하느님이 기뻐하실 것이다.

마찬가지로 미움과 저주는 악마의 일이다.
그대가 누구를 미워하고 저주한다면
그건 또 악마의 일을 하는 것이 되어
오직 지옥의 악마만이 기뻐할 것이다.

# 38
# 천국과 지옥

천국天國과 지옥地獄은 다르지 않다
다만 그 곳에 거주하는 주민들의 성품만 다를 뿐이다.

선량한 혼들이 무리를 이루어
평화롭고도 아름다이 사는 모습은
그 곳이 어디든 천국일 수밖에 없고

사악한 혼들이 무리를 지어
서로 쌈질하고 저주하는 곳에서는
그 곳이 어디든 지옥일 수밖에 없다.

그대는 어느 곳의 주민이 되고 싶은가?

## 39
## 다르게 보기

본다는 것은 참으로 중요한 인식작용의 하나이다.
그런데 이 본다는 것이 말처럼 간단한 것이 아니다.
우선 남이 보는 것만 보는 것은 의미가 없다.
그건 남의 눈을 자기의 눈으로 삼는 것에 불과하다.

또, 단순히 남이 못 보는 것을 보거나 보지 않는 것을 보라는 것뿐만 아니라, 남과는 다르게 남과는 틀리게 보라는 것이다. 말하자면 지금까지 남들이 봐 온 것으로는, 남들이 보는 방식으로는 보지 않음으로써 보라는 것이다. 세상은 다르게 볼 때 다른 의미가 있기 때문이다.

인생에는 복습이 없다.
남이 보는 것만 보는 것은 못 보는 것이 된다.

## 40
# 눈이 멀면 안 보인다

눈이 멀지 않아도〔盲人〕 거리가 멀면 안 보인다. 사람의 눈이 볼 수 있는 거리는 한계가 있어 일정한 거리 이상은 볼 수가 없다. 눈이 멀면 장님이 아니더라도 장님이 된다. 결국 본다는 것은 거리의 문제이다. 너무 가까이 가도 우리는 제대로 못 본다. 바늘귀 하나도 바로 눈앞에 두면 옳게 못 본다. 보고자 하는 대상과의 알맞은 거리, 그것이 보는 일의 관건이다.

이는 사람을 볼 때 더욱 유념해야 할 점이다. 적당한 거리, 알맞은 간격이 없으면 그야말로 맹목盲目이 되고 만다. 우리는 혹, 우리의 연인이나 벗들을 너무 가까이서 또는 너무 멀리서 보고 있지는 않는가?

적당한 거리의 유지! 그것이 사람 보는 데 관건이다.
좁쌀만 한 사람이 있는가 하면 산만 한 사람도 있다.

## 41
# 실패와 성공

실패를 두려워하면 성공할 기회를 잃게 된다.
그러므로 실패를 두려워 말라.
실 감는 사람이 실패를 두려워하면 실을 감을 수 없다.
우리 모두 인생이란 자사에 실 감는 사람들 아닌가.
실패가 두려워 시도조차 하지 않으려는 사람도 있다.
실패의 기회가 없으면 성공의 기회도 없는 것이다.

실패를 두려워하지 말자.
실패를 두려워하면 바느질을 못한다.
우리 모두 자기 삶을 깁는 재봉사들 아닌가.
재봉사가 실패를 두려워하면 어떻게 바느질을 하랴?

성공成功에는 노력 이상 가는 비결이 없다.
마라톤 풀코스를 달리는 데에도 지름길(왕도)이 있다.
쉬지 않고 뛰는 것이다.

## 42
# 태풍에 눈을 박다

태풍에 눈이 없으면 그 태풍은 곧 소멸되고 만다.
그건 일시적 회오리바람에 불과하다.

우리가 어떤 의도나 목표를 가지고 노력하려 할 때
그런 총체적인 시도나 계획, 의지나 기분, 또는
모호한 태도나 생활 등에 눈〔目〕을 박아야 한다.
그래야만 동력을 얻어 목적을 달성할 수 있는 바람,
즉 태풍이 된다.

지금 우리에게 일어나는
내적 정열과 소용돌이에 눈을 박아 넣어라.
그렇지 않으면 그건 일시적인 충동이나
맹목적인 열정으로 곧 사그라지고 만다.

## 43
# 절벽 앞에서

절벽은 우리에게 돌아서는 법을 가르칠 뿐만 아니라 돌아가는 길도 내어 놓는다. 그러므로 절벽 앞에서 절망하지 말자.

## 44
# 장애

1.

물은 흐름이 막히면 돌아가거나, 그래도 막히면
이제 넘어가기 위해 제 몸을 키운다.
사람도 어떤 장애에 부닥치면
그걸 뛰어넘을 수 있도록 스스로의 키를 키워야 한다.
본디 장애란 뛰어넘기 위해 있다지 않던가!

2.

걸림돌이 있으면 그걸 딛고 앞으로 나아가라.
걸림돌에 걸려 넘어지면 그걸 디딤돌로 딛고 설 때
비로소 우리는 앞으로 나아갈 수 있다.
걸림돌이야말로 우리가 더 크게
더 멀리 내딛을 수 있는 디딤돌이 된다.

45

# 날개

본래 날개가 있었던 것은 다시 날개가 돋친다.
날려는 노력, 끊임없는 날갯짓은
마침내 부러진 날개 자리에 새 날개를 돋게 한다.

그런데 인생에 있어서는
날개 따위가 없어도 얼마든지 날 수가 있다.
무거움만 벗어 놓으면 말이다!

## 46
# 새

새가 날 수 있는 것은 날개의 힘이 아니라 바람의 힘으로이다. 또 높이 나는 새는 상승기류를 탄 새이다. 멀리 나는 새도 마찬가지이다. 날개의 힘으로 날아가거나 공중에 떠 있다고 생각하면 그건 착각이다.

새가 높이 날아오를 때는 상승기류를 이용하여 올라가고 멀리 날아갈 때는 높은 하늘에 흐르는 기류, 즉 바람을 타고 날아간다. 이때 날개는 그저 대양을 항해하는 기선의 키와 같은 역할을 한다. 그러지 않고는 결코 오래 날 수도 없고 바다와 육지를 건너 오갈 수도 없다.

사람도 새와 같다. 높이 날거나 멀리 날려면 기류를 타야 한다. 결코 자신의 힘만으로는 안 된다. 그건 새가 날개의 힘만으로 바다를 건너려는 것과 같다. 그러므로 멀리 날자면 시류를 알고 흐름을 알아 그걸 활용할 줄 알아야 한다.

# 47
# 침묵

침묵沈默은 말의 한 형태이다.
사람의 마음을 움직이는 감동적인 말이 웅변이 되듯이
침묵도 왕왕 빛나는 웅변이 될 수 있다.

침묵은 단지 말하지 않는 것이 아니라
말하는 것 이상의 말이어야 한다.

말은 단지 말 속에 말을 가두어 놓을 뿐이지만
침묵은 침묵 속에 말을 풀어놓는다.
따라서 침묵은 발성되지 않은 수많은 말이 된다.

## 48

# 지피지기면 백전백승知彼知己 百戰百勝

### — 지기知己가 어렵다. 모두들 이기려고만 하니까

지피지기란 남을 알고 자기를 알면 백 번 싸워 백 번 다 이긴다는 뜻이다. 문제는 어떻게 자기를 아는가이다. 오늘날 대부분의 경우 적을 아는 데만 노력을 기울인다. 그에 비해 자기를 아는 노력은 거의 하지 않는다. 자기 자신은 처음부터 잘 알고 있는 것으로 전제한다. 여기에 함정이 있다. 예로부터 있어 온 개인이나 부족, 나라 간의 분쟁이나 싸움에 있어 상대를 몰라서 지기보다는 자신을 몰라 진 경우가 더 많다. 더구나 현대에서는 고도로 발달한 첨단 기술로 적을 아는 것은 어려운 일이 아니다. 그러나 자신을 아는 일은 여전히 어렵다. 즉 지기知己가 어려운 것이다. 모두들 이기려고만 하니까!

그러므로 남을 알려 하기보다 먼저 네 자신을 알라.
그러면 적도 환히 보이게 된다.

# 49
# 음악과 춤

인간은 춤춤으로써 미치는 것이 아니라 춤추지 않음으로 미친다.

음악에 실려 흐르고 싶을 때 춤은 저절로, 필연적으로 나온다. 그건 존재의 내적 충동 같은 것인데 방안을 떠도는 음악, 세상을 떠도는 음악, 하늘에 둥실 떠도는 음악, 바로 그 음의 선율에 온 몸과 정신과 영혼을 싣고 전 존재로 음악과 같이 흐르는 것, 열반하는 것, 엑스터시 하는 것, 그게 바로 춤이다.

그러므로 인간은 춤춤으로써 미치는 것이 아니라 춤추지 않음으로 미친다. 즉 춤추고 싶은데 춤출 수 없거나, 도무지 춤출 일이 없을 때 미치는 것이다.
춤 또한 존재의 속성이기 때문이다.

## 50
# 사물의 코
### — 사물의 코를 누르라

땅콩 껍질을 여러분은 어떻게 까는가? 땅콩은 보통 잘록한 가운데를 중심으로 길쭘한 두 개의 방을 양쪽으로 가지며 그 안에 알이 들어 있다. 더러 가운데에 알이 하나 더 들어 허리 부분이 볼록한 세 개짜리도 있다. 이 땅콩을 깔 때 요령이 있다. 땅콩의 양 끝 아래위를 뒤집어 보면 어느 한 쪽 끝이 마치 버선코처럼 뾰족하니 튀어나온 부분이 있다. 그 아래를 잡고 엄지로 살짝 누르면, 땅콩의 코 쪽으로 딱 갈라진다. 나는 이 땅콩 까기의 요령을 마흔이 넘어서, 그러니 땅콩을 까먹기 시작한 지 30년이나 지나서야 터득하였다. 땅콩 까기의 요령은 복잡한 여러 사물들을 이해하는 데 도움이 된다. 즉, 모든 일이나 사건에도 손쉽게 풀어 나갈 수 있는 땅콩의 코 같은 것이 있다는 얘기다.

우리가 어떤 문제를 해결하고자 한다면 반드시 바로 그 문제의 코 부분을 찾아 눌러 주어야 한다.

## 51
# 환심 사는 법

1.

어떤 이가 좋아하는 사람을 내가 좋게 말하는 것은
그 어떤 이로 하여금 말하는 나를 좋아하게 만든다.
결국, 나는 나 자신을 좋게 말함과 같다.

2.

인사하는 것은 자신을 상대방에게 사인하는 일이다.
사인sign을 어디에 할 것인가?
그건 무엇으로 인사하느냐에 달렸다.
마음으로 인사하면 그 사람의 마음에 사인될 것이다.
가슴으로 인사하면 그 사람의 가슴에 사인될 것이다.
만약 우리가 심장으로 인사할 수 있다면
그 사람의 심장에 붉게 사인될 것이다.

# 52
# 우리가 웃으면 우리가 보는 것도 웃는다

사람은 근심과 걱정이 없는 상태에서라면
아주 사소한 일에도 촉발되어 웃을 수 있게 된다.
그때 웃음은 존재가 피우는 꽃이고
웃음소리는 존재의 울림과 같다.
따라서 웃음은 끊임없이 피울 수 있는 꽃이다.
그리고 우리가 웃으면 온 우주도 함께 웃는다.
사실 풀과 나무들의 꽃이란 것도
그 풀과 나무들의 우주를 향한 웃음이다.

그러므로 우리는 웃을 필요가 있다.
웃음이야말로 존재의 본질이다.
웃어라! 그대가 웃으면 그대가 보는 것도 웃는다.
그대가 미소하면 세상도 미소할 것이다.

## 53
## 참멋

멋이란 광光과 같은 것이다.
닦으면 닦을수록 더욱 빛나는 광택처럼 멋도
내면 낼수록 점점 더 멋져진다.

그러나 광이란 것은 겉으로 비치는 것이다.
진짜 광은 속에서 우러나와야 한다.

멋도 마찬가지이다.
멋에는 겉멋과 속멋이 있다.
속에서 우러나온 광이 진짜 광이듯
속에서 자연스레 우러나오는 멋이어야 진짜 멋이다.

그런 참멋은 마치 향나무의 속결같이
안으로 들면 들수록 깊은 향기를 지닌다.

## 54
# 얼굴

얼굴도 옷을 입는다.
얼굴은 표정이란 옷을 입는다.

얼굴이 입는 표정이란 옷은
저마다의 마음이 지어낸다.
따라서 내 마음과 내 생각이 내 얼굴의 재단사이다.

그러므로 고운 마음이 재단한 옷을 입은 표정은
고울 수밖에 없고
고운 표정을 입은 얼굴 또한
아름다울 수밖에 없으리라.

## 55
# 겉과 속

속이 나와 겉이 된다.

그러므로 속을 가꾸어야 한다.

보다 중요한 것은 겉이 아니고 속이다.

속은 겉을 만들지만 겉은 속을 만들지 못한다.

속은 겉으로 나오지만 겉은 속으로 들지 못한다.

그러므로 거울 앞에서

자신의 외모에나 신경 쓴다는 것은

속을 가꾸고 채우는 데는 그다지 보탬이 되지 않는다.

## 56
# 생각은 집을 짓는다

목수만 집을 짓는 것이 아니다.
생각도 집을 짓는다.

내가 어떤 생각을 하기 시작하면
생각도 곧 집을 짓기 시작한다.

생각이 집을 지으면
우리의 마음과 영혼이 그 속에 든다.

그대의 마음과 영혼을 위해
그대의 생각이 좋은 집을 짓게 하라!

## 57
# 사랑에 관하여

악마도 사랑에 빠지면 두근거리는 가슴을 가지게 된다.

이루어질 수 없는 사랑이란 없다.
모든 사랑은 이미 이루어진 사랑이다.
사랑을 하고, 사랑을 느끼는 그 순간,
그리고 사랑하는 동안 내내 사랑은 이루어진다.

오직 사랑하는 사람만이 혁명적이라고
크리슈나무르티는 말했지만
사랑을 약속해야 될 정도면 그 사랑도 끝난 사랑이다.

사랑의 사전에는 미안이라는 말이 없다고 한다.
사랑은 미안할 여지가 없이 치열해야 하기 때문이다.
그러므로 미지근한 사랑만이 미안한 사랑이다.
그대의 사랑은 어떤가?

# 58
# 생각의 고삐

생각도 고삐가 있다.

몰고 가고 싶은 대로 몰고 갈 수가 있는 것이다.

그러므로 생각의 고삐를 놓으면 그때는 생각이 제 생각대로 굴러간다. 생각의 생각대로라지만 사실 아무런 생각도 없이 굴러간다. 더러 핸들을 놓친 자동차처럼 제멋대로 굴러가다가 브레이크를 밟기도 전에 낭떠러지로 떨어지거나 가로수에 부딪혀 저절로 서버리기도 한다.

때로는 고삐를 놓은 말처럼 길을 찾아 헤매기도 하고 제대로 길을 찾아가기도 할 것이다. 이는 마치 말이란 짐승이 주인의 지시가 없으면 평소 주인이 잘 달리던 길로 가는 것처럼 고삐 놓친 생각도 십중팔구 그러할 것이다.

그러므로 평소 생각의 고삐를 잡고 열심히 생각하며 나아간 생각의 줄기가 있으면 대개 생각도 그 줄기를 따라 나아가기 마련이다. 그런데 우리의 생각이란 것은 말(馬)과는 달리 엉뚱한 데가 있어 평소 생각지도 못한 전혀 다른 길로 빠져들기도 하여 우리를 당혹하게 한다.

생각의 주인을 당혹하게 하는 그 길이야말로 사실 생각의 주인이 무의식적으로 가보고 싶었으나 고삐 덕분에 빠져들지 않은 바로 그런 길이다. 말하자면 김유신 장군이, 자신을 태운 말이 잠에 빠진 주인의 의사와는 상관없이 평소 즐겨 찾던 기생 천관의 집으로 간 데 노하여 그 애마의 목을 친 것처럼,

우리도 때로 생각의 고삐를 놓고 있다가
깜짝 놀라 생각의 목을 치기도 하는 것이다.

# 59
## 남〔他人〕

자기는 없어도 남이 있어야 사는 사람이 있는가 하면
남은 없어도 자기만 있으면 사는 사람이 있다.

세상에는 남이 너무 많다. 그래서 남을 사랑할 수 없는 사람, 남을 사랑하지 않는 사람은 외로울 수밖에 없다. 그들은 자기 자신밖에 사랑할 상대가 없기 때문이다.

나 아닌 많은 사람들을 사랑할 수 없음은 그 무엇으로도 보상할 수 없는 형벌이요, 손실이다. 세상에는 나 아닌 남들이 너무나 많다. 내가 사랑할 수 없는 타인들, 사랑하지 않는 타인들에 둘러싸여 존재한다는 것은 사막 한가운데서 살아가는 것과 같다. 오직 자기라는 오아시스, 그것도 언제 마를지 모르는 물줄기 하나에만 매달리고 의지하면서….

그러므로 우리는 남을 사랑하는 법을 배워야 한다.
세상에는 사랑하지 않기엔 너무나 많은 남이 존재한다.

## 60
# 미움

사랑에는 이유가 없으나 미움에는 이유가 있다. 그러나 사랑에 빠지듯 미움에 한 번 빠져들면, 이유 같은 것은 간데온데없고 거의 맹목이 되어버린다. 맹목적인 감정은 그것이 사랑이든 미움이든 간에 헤어나기가 어렵다. 그러므로 어떤 감정에 빠져드는 것은 경계해야 한다. 감정에는 함정이 많은 법이다.

사람이 누군가를, 또 무엇인가를 미워하기 시작한다면 미워하는 것도 일이 되어 에너지를 소모한다. 미움은 사랑과는 달리, 미워하는 사람이나 미움 받는 사람이나 모두를 해치는 감정이다. 해롭고 이로움을 떠나 미워하는 일로 소모되는 에너지는 그 사람이 사랑할 수 있는 에너지를 빼앗아 다른 대상을 사랑할 수 없게 한다. 그러므로 미워하는 데에 정열을 바치지 말라. 그 정열을 사랑을 위해 아껴두라. 사람은 전지약과 같다. 미워하는 일에 에너지를 소비하고 나면, 사랑할 때 그 열과 빛은 그만큼 희미해지기 마련이다.

## 61
# 먼저 자신을 사랑하라

사람은 누구나 남에게 사랑받기를 원한다. 그러자면 먼저 자기가 자신을 사랑하지 않으면 안 된다. 자기를 사랑하면 자신을 인정하고 존중하게 된다. 그러면 자연히 다른 사람도 그 사람을 인정하고 존중함은 물론 사랑하게 된다. 문제는 자기 자신이다. 스스로가 존중하고 사랑하지 않는 사람이 남이 그렇게 해 주기를 바랄 수 있겠는가? 자기가 자기를 버리면 남들도 그 사람을 버린다. 또 자기 자신은 사랑할 만하다. 전전긍긍할 필요도 없고 배신당할 까닭도 없다. 자기를 사랑하는 일은 자신을 증오하거나 무관심하기보다는 훨씬 더 좋은 일이고, 나아가 다른 사람을 사랑하는 일보다 더 중요한 일일지도 모른다. 왜냐하면 자기를 사랑할 수 없는 사람은 남을 사랑할 수도 없기 때문이다.

대저 사랑이란 자기 사랑이다.
다른 사람에 대한 사랑마저도 그 속엔 자기 사랑이 들어 있다.

## 62
# 반달

반달의 보이지 않는 반쪽이 없으면
반달은 온달이 되지 못한다.
반달은 영원히 반달로 남는다.
그러나 반달의 보이지 않는 반쪽이 있어
반달은 보름달이 된다.

그러므로 보다 더 중요한 것은
반달의 보이는 부분이 아니라 보이지 않는 부분이다.
다시 말해 달의 환한 부분이 아니라, 그늘진 부분이다.

보이지 않은 반쪽의 달이
둥그런 보름달을 만드는 것이다.

# 63
# 사랑은 하는 것이다

1.

'사랑은 주는 것일까? 받는 것일까?'라는 물음이 관심을 끈 적이 있었다. 이 질문은 사랑의 본질을 잘못 파악한 데서 생긴 우문에 불과하다. 사랑은 느끼는 것이고 하는 것이다.

사랑은 느낌만으로 이루어지지 않는다.
사랑은 하는 것이다.
사랑은 수동적인 느낌에서 능동적인 의지의 상태로 나아갈 때
비로소 사랑하는 것이 된다.
따라서 사랑은 주는 것도 받는 것도 아니다.
사랑은 하는 것이다.
그것도 열정과 신명을 다 바쳐 하는 것이다.

2.

'사랑은 주는 것이 좋은가? 받는 것이 좋은가?' 라는 물음도 회자되었다. 사랑을 애정으로 바꾸어 말한다면 좋은 대답을 줄 수 있다.

사랑 주는 것만큼 좋은 것은 없다.
가장 좋은 것을 주니까.
사랑받는 것만큼 좋은 것도 없다.
가장 좋은 걸 받으니까.

그러나 사랑에는 어떤 고귀함이 들어 있다. 그 고귀함은 사랑하(주)는 사람의 몫이지 받는 사람의 몫은 아니다. 그는 사랑하는 사람이 아니기 때문이다.

## 64
# 직선에서 길을 잃다

사람들은 종종 직선에서 길을 잃는다.

나아가 길 위에서도 길을 잃는다.

# 65
# 길

1.

이 짧은 한 음절 말 속에
얼마나 많은 길이 들어 있는지
세상의 모든 길이 그 속을 가고 있으니…
길은 정지해 있으나 언제나 목적지에 먼저 닿아 있다.
그렇다. 길은 우리를 목적지로 안내하지만
가지 않으면 조금도 줄지 않는 것이기도 하다.

2.

가야 할 길이 없는 사람에 비해
가야 할 길이 있는 사람은 행복하다.
가야 할 길이 얼마 남지 않은 사람의 처지에서 보면
가야 할 길이 많이 남은 사람은 행복하다.
끝없는 길이 있어 우리는 끝없이 갈 수 있다.

## 66
## 중심中心

지구가 둥글다면 어디든 그대가 선 곳이 중심이 된다.

우주가 둥글다면 그대가 선 곳이 우주의 중심이 된다.

# 67
# 주변

주변이란 변주에 불과하다.
그러므로 변죽만 울릴 뿐이다.

그러나 변주란 주제를 심화시키고
아름다이 확장시키며 더욱 풍요롭게 한다.

중심이 울기 위해서는
핵核이 떠오르게 하기 위해서는
우리는 거듭거듭 변죽을 울릴 필요가 있다.

고요한 연못에 퐁당 떨어뜨린 돌멩이 하나,
그 걸 중심으로 하여 그려지는 수많은 동그라미를 보면
때때로 주변은 중심 이상인 것이다.

## 68

# 인생의 무대

## — 앞줄과 뒷줄

인생人生의 무대에는 앞줄에 선 자와 함께
뒷줄에 서게 되어 있는 사람도 있다.
나아가 주연보다 빛나는 조연이 있는가 하면
오래도록 기억되는 단역도 있다.
그러니 자꾸 앞으로 나서려고만 마라.

그런가 하면 앞이라고 반드시 좋은 것만도 아니고
뒤라고 해서 매번 나쁜 것도 아니다.
뒷줄에 있음으로 해서 자기는 덜 보여주고
다른 사람은 더 많이 볼 수 있으니
무엇보다 무대 전면에 선 자들의 뒤를 볼 수 있으니
뒤야말로 앞의 앞이고
감추어 드러나지 않은 앞의 얼굴이라
배후背後란 언제나 주목받는 것이다.

69

# 가진 것이 더 많은 인생

가지지 않은 것보다 가진 것이 더 많은 게 인생이고
없는 것보다 있는 것이 더 많은 게 삶이다.

그러므로 가지지 않은 것보다 가진 것에 주목하고, 없는 것을 찾는 대신 있는 것을 찾아야 한다. 있는 것에 주목하고 가진 것을 찾다가 보면, 사람은 누구나 얼마나 많은 것을 인생으로부터 받았는지 깨닫게 된다. 그리고 그것들이 얼마나 고마운 것이며 넉넉한 것인지 알게 되고 그것을 조건 없이 주거나 허락한 모든 것들에 감사하게 된다.

이쯤 되면 사람들은 결국 자기가 잘살고 못살고와, 행복하고 행복하지 않는 것은 모두 자신에게 달렸고, 자기하기 나름이라는 것을 수긍하게 된다. 그리하여 자신의 인생과 삶을 위해 노력하게도 된다.

## 70
# 좁은 길

넓은 길이 못 가는 데를 좁은 길이 간다.

대로大路가 가지 않는 길을 소로小路는 가고

큰길이 둘러 갈 수밖에 없는 길을

작은 길은 질러서 간다.

대로는 도저히 오를 수 없는 비탈길도

소로는 오솔길을 만들어 올라간다.

## 71
# 가장 좋은 일

우리는 누구나 가장 좋은 것을 할 수가 있다. 우리가 무엇을 하든 그 속에서 그걸 찾아내기만 하면 말이다. 마찬가지로 우리는 누구든 가장 좋은 일을 할 수가 있다. 그걸 자기일 속에서 발견하기만 하면 된다. 세상에는 좋은 것들이 많다. 그것들은 사람들이 하고 있는 일 속에, 그것도 모든 일 속에 보물처럼 들어 있다. 다만 우리는 그걸 잘 모르고 있을 따름이다. 그러나 같은 일을 오래 하면, 이를테면 장인이나 전문 직업인처럼 자신의 일 속에서 그 보물을 찾아 가지게 된다. 그리하여 그들은 일에서도 성공하여 어떤 경지를 갖게 되고, 인생에서도 성공하여 행복하게 된다. 이는 그들이 일 속에서 보물을 찾아냈기 때문이다.

우리는 무슨 일을 하든 일단 그것에 대해 성의를 갖고 임하고 최선을 다해야 한다. 그러면 그 속에 감추어진 보물을 발견하여 가질 수 있다.

## 72
## 삶의 태도

삶을 즐기려고만 해서도 안 되지만 더욱 답답한 노릇은 삶에 종사하려는 태도이다. 삶, 그것은 즐기는 것도 그것에 복무하는 것도 아니다. 생각해 보라. 삶을 즐기다가 끝내기에는 너무 짧은 것은 아닌지, 즐기기만 하기에는 삶에는 그 어떤 진지함과 엄숙함이 들어 있지 않은지….

마찬가지로 삶에 매어 종사하려고만 드는 태도 또한 옳지 못하다. 아니 그건 삶을 즐기려고만 드는 것보다 더 옳지 못하다. 그런 태도는 존재의 본질에 어긋나는 것이고 삶을 왜곡하는 것이다. 그러므로 삶은 적당히 즐길 줄도 알아야 한다. 마찬가지로 삶 속에 들어 있는 삶의 본질적인 의미와 삶의 진실도 찾을 줄 알아야 한다.

## 73
# 운

세상에는 운運에 매어 사는 사람이 있는가 하면 운을 뛰어넘는 사람도 있고, 운을 만들어 가는 사람도 있다. 위대한 사람들이나, 특별한 인물들의 사주는 보통 점쟁이나 운명 감정가들의 안테나에는 걸리지 않는다. 그들은 이미 그들의 예정된 사주나 운명 같은 걸 뛰어 넘어섰기 때문이다. 아무리 용한 역술가라 할지라도, 예정된 사주가 아니라 그것을 뛰어넘어 새롭게 만들어 가는 사주를 알아맞힐 수는 없다.

그러므로 우리는 운에 의지해서는 안 된다. 운이란 좋을 수도 있고 나쁠 수도 있다. 운이 좋다면 좋은 대로 좋지만 나쁠 때를 대비해야 한다. 또, 운이란 늘 좋을 수만도 없다. 따라서 운 같은 것은 상관이 없어야 한다. 운이라던가, 운명이라던가, 그런 것은 뛰어넘어야 하고 나아가 새로 만들어 가는 삶이어야 한다.

# 74
# 기다릴 줄 알기

1.

익기 전에는 모든 열매가 떫다.
그러니 기다릴 줄 알아야 한다.

만사에 너무 조급해 하지 마라.
조급은 급조를 낳는다.

2.

강물이 늦은 걸음에도 불구하고 들판을 가로질러 똑 바로 건너지 않고 둘러가는 데는 이유가 있다. 소위 자연의 지혜라고 할 만한 것으로서 제 속에든 토사나 자갈들을 부려 놓고 가기 위해서이다. 그렇지 않으면 강물은 속에 든 것 때문에 계속 흐름을 유지하기가 어려워지게 된다.

## 75
# 밤 얻기

어떤 두 사람이 밤을 얻기 위하여 밤나무 아래에 가 있었다. 그런데 한 사람은, 밤이 익을 때까지 기다리기가 어려워 푸른 밤송이를 땄다. 그리고는 억지로 껍질을 벌리기 시작했다. 그 사람은 힘든 노력과 손을 찔리고 가시가 박히는 아픔 끝에 덜 익은 밤 몇 알을 얻었다.

다른 한 사람은 그냥 아무것도 안 하고 밤이 익기를 기다리고 있었다. 가을이 되자, 탐스럽게 익은 밤들이 저절로 가시투성이 송이를 벌리고 나와 그의 발밑에 툭, 툭, 떨어져 내렸다.

밤이 익기를 기다린 사람은 익은 밤을 얻고, 때가 익기를 기다린 사람은 때를 얻는 법이다.

# 76
# 포기

1.

포기抛棄란 다른 것을 하는 것이다.

2.

사람의 일이란 때때로 아무리 기다려도 안 되는 경우가 있다. 그럴 때는 포기해야만 한다. 그런데 또 그와 반대로 결코 포기해서는 안 되는 경우도 있다. 그럴 땐 물론 끝까지 기다려야만 한다. 설사 결과가 실패로 끝날 것이 분명한 경우라도 그렇다. 우리가 실패를 무릅쓰고라도 추구할 가치가 있듯이, 일에도 그런 숭고함이 있을 수 있다. 나아가 기다림이 존재 자체의 이유가 될 때, 우리는 섣불리 포기하라고 충고할 수는 없다.

그렇지 않은 대부분의 경우, 우리는 무망한 시도와 기다림에 대해 포기하라고 충고할 수 있다. 그런데 누구든 당사자가 되면 포기한다는 것이 결코 쉽지 않은 일이다. 포기하는 그 순간, 지금까지 쏟아 부은 시간과 정열과 수고는 물거품이 되고 만다. 즉 일의 성공을 비는 기원과 기대와 기다림은 기포처럼 사라지고 마는 것이다. 그럼에도 불구하고 우리는 포기하는 일에 용감해야 한다. 때로는 포기하는 일이 비겁하게 보일 수도 있으나, 안 될 줄을 뻔히 알면서도 고집 하는 것보다는 훨씬 정직한 것이다.

포기할 줄 알아야 한다.

실패가 때로 아름다울 수 있듯이 포기도 아름다울 수 있다.

## 77
# 인생의 긍정과 부정

기차 여행을 하다가 보면 마주 지나치는 열차를 보게 된다. 이때 우리는 상대 열차에 가려 건너편의 풍경을 못 보리라고 생각하기 쉽다. 그런데 그렇지가 않다. 계속 건너다보면 기차 너머의 풍경이 보인다. 이는 기차의 창과 벽 중 가지런하게 뚫린 창이 빚어내는 역할로서, 이때 창은 풍경을 열어 놓고 창틀이 끼인 벽면은 풍경을 막아 놓는다. 우리는 빠르게 지나치는 수많은 열린 공간들을 통하여 보게 된다.

우리가 사물과 인생을 부정적으로 보면, 이때 우리는 보지 못한다. 반대로 우리가 긍정적인 태도를 가지고 임하면 못 보리라고 생각되는 것도 보게 된다. 이는 절망과 희망의 관점으로도 이야기할 수 있다. 기차의 닫힌 부분은 절망에 해당되고 열린 부분은 희망에 해당된다. 이때 우리는 빠르게 지나치는 희망을 통하여 도저히 가망이 없을 것 같은 절망 너머를 보게 되는 것이다.

# 78

## 실망失望에 관하여

### — 실망하지 말라. 실망은 자신의 망실일 뿐이다

우리는 어떤 일이든 쉽게 실망하거나, 포기해서는 안 된다. 마지막까지, 아니 마지막 이후까지 최선을 다해 봐야 한다. 언젠가 기차를 타러 역에 갔을 때다. 도착하니 출발 시간이 10분이나 지나 있었다. 실망감으로 넋을 놓고 앉아 있는데, 서울행 열차가 선로 관계로 이제 도착한다는 방송이 들려왔다. 벌떡 일어나 뛰었다. 그런데 이번에도 또 한 발 늦고 말았다. 개찰구 너머로 서서히 출발하는 기차가 보였던 것이다. 다시 낙담한 채 돌아서다가 어쩔 수 없는 아쉬움으로 뒤돌아보았을 때, 가속을 붙여 달려야 할 기차가 거기 서 있지 않는가! 그 기차는 막 홈에 들어오고 있던 참이었다. 다시 뛰어나가 타긴 탔지만, 그날 내가 왜 그토록 쉽게 주저앉곤 했는지 화가 났다. 그러므로 마지막 이후까지 최선을 다 해봐야 한다. 상황이란 언제나 변할 수 있고 판단에도 오류가 있을 수 있기 때문이다. 그리고 그 다음에 실망하거나 낙담해도 늦지 않다. 실망이란 결코 늦는 법이 없으니까.

## 79
# 패배자

1.

일등에게 필요한 것은 이등이고

이등에게 필요한 것은 삼등이듯

승리자에게 필요한 것은 승리가 아니라 패배자이다.

2.

잘하는 데에도 우열을 매길 필요가 있을까?

잘하면 그것으로 족한 것이 아닐까?

그럼에도 경쟁에 길든 제도나 사람들이

그것에 우열을 매기고 등수를 매긴다.

잘하면 그것으로 족한 것이다.

3.

패자敗者란 다음번의 승자勝者가 아닐까?

# 80
# 두려움과 용기

두려움이 필요한 것은 겁이 아니고 용기이다. 다시 말해 우리가 두려울 때 필요한 것은 용기이지 겁이 아니다. 그런데 얼마나 많은 사람이 용기대신 겁을 내고 마는가. 호랑이는 발밑을 지나는 개미와 싸우지 않는다. 코끼리와 황소도 등위에 올라앉은 파리들과 싸우지 않는다. 좀 귀찮기는 해서 가끔씩 몸을 흔들어 쫓아낼 뿐 거의 무게도 느끼지 못할 것이다. 왜 그럴까? 그건 싸움이 되지 않기 때문이다. 싸움이 안 될 뿐 아니라 그럴 필요도 별로 느끼지 않기 때문이다. 아주 작은 것들은 큰 것들을 겁내지 않는다. 사람이나 토끼가 호랑이 코앞으로 겁 없이 지나갈 수 있는가? 그렇지만 개미들은 그렇게 한다. 등을 타고 오르고 심지어 귓구멍 속으로 들어가 연한 부분을 깨물어 볼 수도 있다. 따라서 두려움이란 피차 적으로 싸울 수 있을 때 일어난다.

내가 두려움을 가지는 어떤 대상이 있다면

나는 그것과 한 번쯤 싸워 볼 수 있는 상대인 것이다.

# 81

## 원

### – 굽힘과 마주봄이 원圓을 만든다

구석이 없는 것은 직선과 원뿐이다. 그러나 가장 공평무사할 것 같은 직선에는 가장자리가 있다. 처음과 끝도 없는, 모서리와 구석 자리도 없는, 나아가 중심과 외곽도 없는 가장 완전한 일체로서 하나인 형상이 바로 원이다. 그리고 원은 직선이 서로를 향해 알맞게 등을 구부리고 바라볼 때 만들어진다. 즉 가장 이상적인 형상인 원은 굽힘과 마주 바라봄으로 이루어진다.

옛날 부족사회의 회합은 모두 원의 형태를 이루었다. 그리고 서로 마주보며 둥글게 둘러앉아 공통의 관심사를 논의하고 결정했다. 그들이 향하고 둘러앉은 원의 중심에는 그들 부족을 하나로 결속시키는 공동체 의식 같은 것이 자리 잡고 있었을 것이다. 차츰 계급이 분화되고 권위라는 것이 생겨나면서 인위적으로 본래의 모양에 변형을 가하여 모서리를 만들고 전후좌우와 구석을 만들었다.

지금은 본래의 모양, 즉 원의 형태로 돌아가려는 노력들이 여기저기서 벌어지고 있기도 하다. 왜일까? 원이야말로 가장 민주적이고 호혜 평등한 형상이기 때문이 아닐까? 거기에다 원은 굽힘과 마주봄으로 만들어진다. 이것은 곧 타인에 대한 존경과 사랑의 자세에서 비롯된다. 그렇게 하여 우리는 공동체의 가장 완벽한 존재 양식을 원이라는 모형에서 찾게 된다.

그러므로 우리는 어디에서나 굽힘과 마주봄의 자세와 정신을 유지해야 한다. 가족사이나 직장은 물론 우리가 소속되는 모든 공동체에서 가장 완전한 일체를 이루는 굽힘과 마주봄의 철학을 생활화, 일상화함으로써 사랑이 넘치는 세상을 만들어가야 할 것이다.

# 82
# 가운데와 둘레

1.

중심이 있으면 왼쪽과 오른쪽이 있고
가운데가 있으면 둘레와 가장자리가 있다.

2.

나무를 보면 중심은 늘 가운데서 생겨난다.

따라서 기성의 모든 것은 중심에서 벗어나 주변이 되고 외곽이 되어 바깥으로 밀려나기 마련이다. 그러므로 중심을 고집해서는 안 된다. 그렇지 않으면 나무는 더 이상 자라나지 않고 아름드리나무로 성장할 수 없다. 우리가 속한 가정이나 직장이나 사회에서도 마찬가지다. 각 개인은 중심을 고집해선 안 된다. 속이 새로 생겨나지 않는 사회, 중심이 새로 태어나지 않는 사회는 성장이 멈춘 사회이다. 그리고 그것이 어떤 사회이든 간에 성장이 멈춘 사회는 죽어가는 나무와 같다.

## 83

# 필요한 사람이 되라

물이 바다만큼 많아도 자동차를 가게 할 수 없다.
휘발유 한 방울보다 못하다.
어떤 일에 소용없는 사람의 시간이 하루 25시간 있어도
필요한 사람의 1시간보다도 못하다.

그러므로 어떤 일에서든지
그 일에 필요한 사람이 되어야 한다.

소용없는 사람의 하루는
소용 있는 사람의 한 시간보다도 짧은 것이고,
소용없는 사람 열 사람은
그 일에 소용 있는 사람 한 사람보다도 적은 것이다.

## 84

# 삶과 존재

— 삶의 목적은 삶 속에 있다

1.

삶의 이유를 묻고 의미를 캐는 사람이 있다.
삶에는 이유나 의미를 뛰어넘는 본질적인 무엇이 있다.
따라서 삶은 의미 너머에 있는 것이 되지만
사실 삶의 의미는 삶 속에 있다.

2.

또 존재의 이유나 의미를 따지기도 한다.
존재에는 이유가 없다. 존재 자체가 이유이다.
존재의 의미 또한 존재 속에 있지, 다른 데 있지 않다.
존재 자체가 문제이자 해답인 것이다.

그러므로 삶의 의미는 사는 데에 있고
존재의 의미는 존재하는 데에 있다.

## 85
# 그릇의 속

그릇의 속은 비움으로써 속을 가지게 되었다.

처음부터 그릇이 속을 가진 것은 아니다. 본래 있던 속을 비워 냄으로써 속을 가진 것이다. 만약 그릇이 속을 비우지 않았다면, 그냥 하나의 나무토막이거나 어떤 덩어리에 불과했을 것이다. 그런 덩어리가 속을 비워 냄으로써 비로소 본래의 속 대신 다른 속, 즉 무엇이든 담아 가질 수 있는 속을 가지게 되어 그릇이 된 것이다. 그런 자기 비움의 과정이 없었다면 어찌 나무토막이나 흙덩어리, 쇳덩어리 같은 것이 그릇이 되고 용기가 되었겠는가?

사람도 마찬가지이다.
스스로를 비우지 않고는 속을 가질 수가 없고
넉넉한 속이 없는 사람은 그릇으로 쓰일 수가 없다.

## 86
## 영광

영광이란 얼음 덩어리와 같다.

갈채와 환호가 크면 클수록
그것이 뜨거우면 뜨거울수록
빨리 녹아 버리는 얼음으로 된 왕관,
얼음 덩어리로 된 트로피와 같은 것이다.

따라서 조금씩 녹아내리다가
마침내 흔적만 남고
언젠가는 그것조차 사라지고 만다.

## 87
# 소유와 창조

하늘을 바라보고 숨 쉬는 것,

그게 바로 하늘을 소유하는 법이다.

하늘을 바라보며 꿈꾸는 것,

그건 바로 하늘을 창조하는 법이다.

## 88
# 무소유의 자유와 무소유의 소유

1.

무소유는 사람을 넉넉하게 한다.
매이는 데가 없기 때문이다.
그러므로 그는 아무것도 소유하려 들지 않는다.
무엇인가 가지게 되면
그것을 보관하고 관리하며 지켜야 한다.
그건 또 다른 자기 소모이다.
나아가 무소유는 모든 것을 소유한다.
아무것도 취하지 않음으로써 전부를 가질 수 있다.
그리하여 그는 부자로 살며
대자대유大自大由하고 세상 모든 것의 주인이 된다.

2.

무언가를 가지게 되면 사실은 잃는 것이 된다.

89
# 물
## — 낮춤으로써 높아지는 물

물은 낮은 데로 흐른다.
쉬지 않고 구르며 낮은 데로 모인다.
물은 낮은 데서 더 낮은 곳으로 구르며 몸을 낮춘다.
더러 폭포를 만나 추락하기도 하며
낮출 때까지 낮추어 바닥에 닿는다.

더 이상 내려 갈 수 없는 데까지 내려가
깊어지던 물은 더 낮출 수 없을 때까지
낮춘 몸으로 이제 오르기 시작한다.

비로소 물의 옷 벗고 하늘로 올라
모든 것 위로 몸을 들어올리며
아득히 파란 하늘이 된다.

## 90

# 시계

— 시계時計는 계시啓示이다

시계를 보면서 어떤 느낌을 받는가?

출근할 시간, 점심시간, 약속 시간, 퇴근 시간,

TV 중계방송 시간, 잠자리에 들 시간 등등

일상의 때나 알려주는 것인가?

아니다. 시계는 적어도 내게는 어떤 계시 같은 것이다.

시간이 일각일각 가고 있다는 사실.

모든 것이 때가 있고

그때가 다가오고 있거나, 지나가고 있다는 사실.

내 인생에서 또 하루가 마감된다는 사실 등등이다.

그러므로 시계는 시계가 아니라 계시이고,

시간을 알려주는 것이 아니라 계시를 알려주는 것이다.

91

## 분침의 사람과 시침의 사람

시간과 삶에 대한 태도를 기준으로 하여 사람은 분침分針의 사람과 시침時針의 사람으로 나눌 수 있다. 그리고 분침의 사람은 분침의 마음을 가지고 살고 시침의 사람은 시침의 마음을 가지고 산다. 분침의 사람은 매사에 분주하고 분답고 분분하다. 하루 24시간을 시계 속의 분침처럼 분주히 오고간다. 시침의 사람은 이와 대조적으로 매사에 느긋하다. 하루 24시간을 시침처럼 시적시적 걸어간다. 하루에 겨우 스물네 번 움직여서 하루를 가고는, 키 큰 분침 보기 미안해서 시치미 딱 떼는 것이 시침의 사람이다. 사람 중에는 초침의 마음을 가지고 사는 사람도 있다. 그런 사람은 매사에 초조하여 잠시도 가만있지 못한다. 끊임없이 서성이며 조바심을 친다. 그런 사람 근처만 가도 똑딱거리는 소리가 들리는 듯하다.

당신은 어떤 사람으로 살고 있는가?

시침의 사람으로인가, 분침의 사람으로인가.

아니면 재깍거리는 초침의 사람으로인가?

# 92
## 피로
— 이미 한 일보다는 하지 않은 일이 우리를 지치게 만든다

사람이 피로를 느끼게 되는 주원인은 자기가 한 일이 많아서가 아니라, 우습게도 하지 않은 일이 많기 때문이다.

우리는 이미 한 일로 피곤해지는 것이 아니고, 아직도 하지 않은 일, 앞으로 해야 하는 일, 다시 말해 아직 손도 못 댄 남은 일 때문에 피곤에 빠지기 시작하는 것이다. 이 얼마나 우스운 일인가?

이미 한 일, 즉 해 놓은 일은 끝난 일이기 때문에 우리에게 성취감과 함께 만족감을 주므로 오히려 피로를 덜어 준다. 대신 아직 시작도 않은 일, 남은 일이 우리를 지치게 만들고 피곤하게 하는 것이다.

# 93
# 시간과 일
## — 일이 일하게 하라!

흔히 바쁘다고 입버릇처럼 말하거나, 시간이 없다고 호소하는 사람들을 가만히 살펴보면, 대개의 경우 전혀 바쁘지 않거나 있는 건 오로지 시간뿐인 경우를 자주 본다. 실제 바쁜 건 일이 아니라 그들의 마음이고, 없는 건 여유와 일에 대한 방안과 자신감이다. 따라서 바쁘다고 말하기 전에 먼저 해야 할 일과 하지 않아도 될 일을 가려라. 그러면 그것만으로 많은 일들이 줄어들 것이다. 그 다음엔 일 처리의 줄기를 세워라. 물론 우선순위와 사안의 경중을 고려해야 한다.

이때 유념하여야 할 것은 일 자체의 작용이다. 즉 일이 그 줄기대로 진행되어 나가면, 그 흐름을 타고 일 자신이 일을 한다는 것이다. 우리가 어떤 일을 눈 깜짝할 새에 해치웠다든지, 예상 외로 쉬이 일이 풀렸다든지 하는 것은 우리의 노력과 함께 일 자체가 일을 했기 때문이다.

## 94
# 행복에 관하여

당신은 지금 불행한가? 불행하지는 않다고?
그렇다면 행복한 것이다.

당신은 지금 행복한가?
행복한지 불행한지 모르겠다고?
그 역시 행복한 것이다.

그러므로 따로 행복이란 것이 있다고
행복을 찾아 나서는 그 순간부터
우리는 불행해지는 게 아닐까?

행복 찾기란 한 겹, 한 겹, 아무리 까 봐도
알맹이는 없고 눈물만 남는 양파 까기와 같을지 모른다.

## 95
# 불행에 관하여

1.

불행에 길든 사람은 행복幸福도 불행으로 맞는다.

2.

행복이면서도 자신이 불행하다고 느끼는 행복이 있는가 하면, 불행이면서도 행복하다고 느끼는 불행이 있는 법이다. 말하자면 행복은 반드시 언제나 행복을 느끼는 것은 아니며 불행도 언제나 불행을 느끼며 불행 속에 사는 것만은 아니다. 즉 행복도 불행할 때가 있어 불행한 행복일 때가 있고, 불행도 행복한 불행일 때가 있다는 것이다.

# 96
# 말

1.

말을 하다 보면 점점 더 배가 고파지는 듯한 느낌이 든다. 그때 사람들은 허전함을 채우기 위해 점점 더 많은 말을 하게 된다. 그리하여 사람들은 불필요한 말, 쓰잘데기 없는 말을 한다. 그러나 그 많은 말 중에 정작 알맹이 있는 말은 단 한두 마디에 불과하고 그 한두 마디의 말도 말의 홍수 속에 파묻혀 떠내려가기 쉽다.

2.

말을 하기 위해서가 아니라 하지 않기 위해서만 말하라.

3.

한 방울의 꿀은 얼마나 단가?
그걸 한 사발의 물과 섞으면 꿀맛은 나지 않는다.
우리의 말도 이와 같다. 쓸데없는 말을 섞지 말라.

## 97
# 거짓말

말 잘 하는 사람이 빠지기 쉬운 함정이 있다.
적당한 거짓말과 그럴듯한 거짓말이다.

그런가 하면, 말 많은 사람이 거듭하는 실수 또한 약간의 참말 속에 더 많은 거짓말을 풀어놓는 것이다.

어느 경우이든, 거짓말은 침묵이 아니라 말에서 비롯된다. 그러므로 말을 아껴야 한다. 옛말에도 말이 많으면 쓸 말이 적어진다지 않던가!

달리 할 말이 없는 사람에게 말을 강요하면 거짓을 말하게 된다. 듣고 싶은 열망이 거짓말을 하게 하는 것이다. 대개의 경우, 거짓말은 하는 사람과 함께 듣는 사람의 책임도 있다.

## 98
# 영원한 사랑

세상에 변하지 않는 사랑, 영원한 사랑은 없다고 본다.
다만 참고 노력하는 사랑만이 있을 뿐이다.

세상에 식지 않는 사랑도 없다.
뜨거운 것 치고 식지 않는 것이 없듯이
사랑 또한 식기 마련이다.

오로지 영원한 것이 있다면,
불같이 뜨거운 사랑의 맹세 따위가 아니라
다만 참고, 노력하는 사랑만이 영원할 뿐이다.

영원한 사랑은 꿈꾸는 사랑이지 현실의 사랑은 아닌 것이다.

# 99
# 두발자전거의 세 번째 바퀴

두발자전거가 세발자전거보다 훨씬 빨리 달린다. 그러나 누구든 두발자전거를 타고 달릴 수 있는 것은 아니다. 두발자전거를 탈 줄 아는 사람이라야 가능하다. 그렇더라도 오르막을 오르거나 내리막을 내려갈 때는 조심해야 한다. 특히 경사가 심한 내리막길을 빠르게 내려갈 때는 세심한 배려가 필요하다. 이를테면 자전거 위에 올라가 있는 사람이 중심을 잘 잡아 세 번째 바퀴 역할을 할 수 있어야 한다. 그래야만 넘어지지 않고 끝까지 잘 달릴 수 있다. 이는 개개인뿐만 아니라 국가나 국민의 경우도 마찬가지로 해당되는 얘기이다.

누구든 중심을 잘 잡아 세 번째 바퀴의 역할을 할 수 없다면 미리 안전하게 세발자전거를 타는 게 낫다.

# 100

## 불행 속에 들어 있는 것

### – 불행 속엔 다행이 들어 있다

불행不幸 속에 들어 있는 것은 무엇일까?

불행일까? 아니다. 놀랍게도 불행 속에 들어 있는 것은

불행이 아니라 다행多幸이다.

자신의 불행이든 남의 불행이든 자세히 들여다보라.

많은 다행이 그 속에 들어 있음을 보게 될 것이다.

그러면 사람들은 곧 그 다행의 끈을 붙잡고

불행의 늪에서 헤쳐 나오기 시작한다.

그러므로 불행 속에는 많은 다행이 들어 있다.

이는 '불행 중 다행' 이라는 말로 잘 표현되고 있다.

거꾸로 다행이니, 행운이니 하는 속에도

불행의 씨앗이 들어 있기 십상이다.

# 101
# 기회

기회機會란 언제나 있는 것은 아니지만 기다리는 사람에겐 늘 생기게 마련이다. 그러므로 기회란 기다리는 사람에게 다가오는 것이다. 인생에는 크고 작은 기회가 있지만 일생에 한두 번밖에 오지 않는 기회도 있다. 그나마 준비하고 기다리지 않는 사람에겐 언제 왔다가 언제 지나갔는지조차 모르게 지나가 버린다. 그만큼 기회란 기회적이기 쉽다. 그러므로 각자 자신의 기회들을 기다리고 있어야 한다. 기회를 보며 준비를 하고 있었던 사람은 그 기회에 회심의 미소를 지을 수가 있다.

그런데 또 하나의 문제는 기회에도 회기會期가 있다는 점이다. 우리가 기다린 기회는 무작정 계속되는 것이 아니라 왔다가 가는 동안, 즉 회기라고 할 만한 기회의 기간이 있다는 것이다. 따라서 기회의 회기 안에 기회를 잡아야 한다.

## 102
# 理法

1.

겨우내 바람에 흔들리던 마른 가지들이

봄이면 잎 틔우고 꽃피우는 理法!

2.

강江은 저문 걸음으로도 천리를 간다.

## 103
# 핸들을 풀어 주라

고속도로 인터체인지를 빠져나갈 때 유심히 본 일이다. 나는 그때 운전자 옆자리에 타고 있었다. 그런데, 길은 계속 굽은 채로 돌고 있건만 운전자는 처음 감았던 핸들을 서서히 풀어 주고 있었다. 차의 바퀴가 굽은 길을 따라 갈 수 있을까 의심스러웠는데도 차는 제대로 나아갔다. 계속 운전자는 한 번씩 핸들을 감았다간 풀어 주고 감았다간 풀어주고 하는 것이었다. 그러면서 길고도 굴곡이 심한 길을 무사히 빠져나왔다.

무슨 자동차 운전교습에 관한 이야기를 하려는 것이 아니다. 그저 사람 사는 일의 고비와 그 자세에 관해서 이야기하고 싶은 것이다. 인생의 여러 굽이에서 우리가 그 굽이를 제대로 타고 나가기 위해서는 가끔씩 감았던 핸들을 풀어 주어야 한다. 더욱 감아 죄야 한다고 느낄 때나, 그대로 계속 감고 있어야 한다고 생각될 때 더욱 그렇다. 한 번씩 풀어 주는 것이야말로 삶의 여러 어려운 고비를 넘어지지 않고 제대로 나아가는 슬기로운 운행 방법이 되지 않을까 싶다.

## 104
# 자유

1.

자유란 하고 싶은 것을 하는 데에 있기보다는 무엇을 해야 할 때 그것을 하지 않아도 되는 것을 말한다.

도스토옙스키는 돈을 가리켜 주조로 된 자유라 하였다. 그도 그럴 것이 돈만 있으면 모든 부역으로부터 해방될 수 있음이다. 돈이 없다면, 비록 도스토옙스키 같은 천재일지라도 창조적인 작업 대신 자질구레한 일상사에 복무해야 됨은 물론, 온갖 부역에서 자유로울 수 없다.

2.

약속約束같은 것은 하지 않는 것이 좋다. 그것이 나를 구속할 뿐만 아니라 상대방도 구속하기 때문이다. 자유인이, 자유정신이, 자유의지가, 자유감정이 묶여 있어도 좋을 만큼 아름다운 약속이란 드문 법이다.

## 105
## 정상頂上

1.

밑이 받쳐 주지 않으면
무너지는 것이 정상이다.

꼭대기란 없는 것이다.

2.

높이 오르면 푹 떨어진다고 한다.

'높' 을 거꾸로 하면 '푹' 이 되어
높이 오르면 푹 떨어지는 것이다.

그저 떨어져도 좋을 만큼만 올라가라.

# 106
# △의 논리

사람들은 너도나도 높은 자리에 앉으려 한다.
끊임없이 오르려고만 한다.
모두 다 올라가면 낮은 아랫자리는 누가 채우는가.

삼각형을 보자.
밑변과 빗변 없이 삼각형의 꼭짓점은 있을 수 없다.
중요한 것은 언제나 저변이다.
그러나 우리는 늘 잊고 산다.
꼭짓점을 밀어 올리는 저변의 힘을, 보통 사람의 존재를.

우리는 바닥에 눈 돌려야 한다.
아무도 그곳에 머물려 하지 않기 때문에 밑은 귀하다.
누군가는 그 밑에 있어야 한다.
삼각형의 밑변으로 자리해야 한다.

## 107
# 집

모든 지아비에게는

그 지어미 있는 곳이 집이다.

모든 지어미에게는

그 지아비 있는 곳이 아니라

다만 아이들 있는 곳이 집이다.

아이들에 있어서 집은 새에 있어서 둥지와 같다.

그러므로 날개만 돋치면 떠나가는 곳이다.

집이란 무엇인가? 돌아갈 둥지가 곧 집이다.

따라서 모든 저녁이 있는 곳이다.

모든 길은 집으로 간다고 하지 않던가!

하여, 집이란 밤을 지나 아침이 시작되는 곳이다.

새로운 시작과 함께

모든 출발이 있는 곳이다.

# 108
# 결혼의 능력

결혼은 남자와 여자가 있어야 하는 것이 아니다. 능력이 있어야 하는 것이다. 결혼의 능력은 첫째, 서로 상대방을 받아들일 수 있는 능력이다. 둘째는 생활할 수 있는 능력이다. 결혼생활이란 말에서 보듯, 결혼에는 생활이 필요하기 때문이다. 이 능력은 결국 두 사람의 경제적 능력을 시험하게 된다.

사랑만 있으면 결혼할 수 있다고 믿는 사람이 많다. 그럴지도 모른다. 적어도 첫 번째 조건인 상대를 받아들이는 능력은 충족할 수 있다. 그러나 절대로 사랑을 과신하지 말라. 경제적인 뒷받침이 없으면 그 결혼은 곧 시련에 봉착하게 되고, 계속한다 하더라도 힘들고 고달픈 삶이 될 수 있다. 결혼은 생활이기 때문이다.

따라서 사랑은 사랑만 있으면 할 수 있지만, 결혼은 사랑과 함께 생활 능력도 있어야 한다.

# 109
# 결혼

먼저 자기 자신과 이혼하지 않고는 다른 사람과 결혼하려 하지 말라.

이는 그 사람의 마음속에 들어 있는 자신의 아집과 독선, 그리고 자기 에고ego와의 이혼을 말한다. 나아가 오직 결혼할 상대 외에는 그 누구도 자기의 가슴에 묻어 두어서는 안 될 뿐 아니라, 다른 이성의 영상은 그 그림자마저도 지워내야 함을 의미한다.

결혼에서는 1 더하기 1이 2가 되면 안 된다.
그건 남자와 여자가 합하여 남녀가 되는 것과 같다.
결혼에서는 남녀가 되는 것이 아니라 부부가 되는 것이다.
따라서 1 더하기 1은 1이 되어야 한다.
1에다가 1을 포개 보라 1밖에 더 되겠는가?

# 110
# 부부

부부란 아무리 사랑해도 괜찮은 상대이자 마음 놓고 사랑할 수 있는 유일한 상대이다.

부부란 글자나 발음 그대로 나란히 붙어 있는 사이이다. 그것도 한글로는 똑같은 형태의 글자이고 발음도 길게 하는 것이 아니라 아주 짧게 부부라고 한다. 이는 마치 길게 발음하는 그 사이에 무슨 다른 요소가 끼어들까 조바심하는 그런 심리적 요인이 작용하는지도 모른다.

다시 말해 부부란 나란히 옆구리를 맞대고 서 있는 그런 글자이다. 따라서 한쪽 옆구리가 비어 있어도 곁을 안 주는 부부, 비어 있어도 허전함이 아니라 충만함을 느끼는 그런 부부가 참부부이다.

## 111
# 자비. 관대. 화목

자비慈悲란 극락으로 가는 비자visa이다.

친절하라. 그러면 누구하고도 절친하게 될 것이다.

화목하라. 그러면 그대의 집은 목화같이 따스하리라.

그대의 집, 그대의 직장,
나아가 그대가 있는 자리가 어떤 곳이든
목화솜같이 따뜻한 곳이 될 것이다.

## 112
# 고독

고독을 씹다 보면 달콤할 때도 있다. 그러나 오래 씹고 있지 마라. 곧 쓴맛이 우리의 속을 쓰리게 한다.

고독을 오래 씹거나 반추하는 사람이 있다. 딱한 사람이다. 고독이란 씹어봤자 쓰기만 할 뿐이다. 고독의 단맛을 느낀다면 그 사람은 진정으로 고독하지 않다는 얘기이다.

그가 진정으로 고독하다면 그 맛은 쓰고 또 쓰다. 그러므로 고독은 씹을 것이 못된다. 삼켜 버리든지 뱉어 내든지 해야 한다.

## 113
## 혼자인 사람

혼자인 사람은 행복한 사람입니다.

외롭고 쓸쓸한 사람이 아닙니다.

곧 누군가 만나게 될 터이니,

혼자란 좋은 것이기도 하지요.

혼자란 사실 넉넉한 거예요.

만남이 예정된 사람이니까요.

그만한 설렘도 없지요.

혼자인 사람은 또 아름답기도 해요.

그리움으로 꽃 핀 사람이니까요.

게다가 또 다른 만남을 꿈꾸는

혼자란 황홀하기까지 하지요.

무엇보다 혼자란 알뜰한 거예요.

따뜻한 만남을 준비하고 있으니까요.

# 114
# 변칙

변칙도 칙則의 하나이고

예외 없는 원칙은 잘 지켜지지도 않는다.

## 115
# 너무 크게 입 벌리면
— 저작법咀嚼法

1.

크게 벌린 입은 잘 다물어지지 않는다.
따라서 너무 크게 베어 물면 씹을 수가 없다.
결국 한 입도 먹지 못한다.

입 안 가득 물고는 있으나
단 한 조각의 음식도 목구멍 너머로 삼키지는 못한다.

지금 혹 어떤 일에 입을 너무 크게 벌리고 있지는 않는가?

2.

욕심은 우리를 배고프게 한다.

## 116
## 直과 曲

곧은길만 고집하다 보면 더 나아가지 못한다.

세상은 곧은길보다 굽은 길과 꼬부라진 길이 훨씬 더 많기 때문이다.

## 117
# 브레이크의 중요성

1.

연을 공중 높이, 하늘 가운데로 높이 띄워 올리는 것은 바람이 아니라 연의 비상을 막는 목줄, 바로 연의 목에 걸린 목줄이다.

2.

왜 사람들은 뒤로 물러나는 데 서툴까? 진進보다는 퇴退가 어려운 것은 무엇 때문일까? 발은 앞으로 나아가도록 되어 있지, 뒤로 나아가도록 만들어져 있지 않기 때문일까?

자동차를 운전하는데 있어 브레이크는 중요한 역할을 한다. 특히 아무런 장애 없이 잘 달리고 있는 차일수록 한 번씩 브레이크를 밟아 속도를 조절해야 한다. 마찬가지로 인생에 있어서도 가속, 즉 액셀러레이터를 밟기보다는 브레이크, 즉 제동장치를 밟아야 할 때가 생의 굽이굽이에 많다는 사실이다.

# 118

## 물

### – 낮은 곳으로 흐르는 물

물은 스스로 몸을 낮추어
낮은 곳으로만 흐른다.
그리하여 거슬러 오르는 수고 없이
먼, 먼 바다에 가 닿는다.

순리順理에 거스르지 않고 사는 사람도
낮은 곳으로 흐르는 물처럼
천명天命에 가 닿을 수 있다.

## 119
# 법法에 통하기

이사를 자주 하는 사람은 목수가 아니더라도 못질을 잘하는 법이다. 뭐든 자꾸 하다가 보면 법을 알게 되고 이치에 통하게 되어 그 일만은 제대로 하게 된다. 목수가 아니더라도 이사를 자주 하는 사람이 못질을 잘하듯 아무리 까다롭고 어려운 일일지라도 한 번, 두 번 거듭거듭 하다 보면 틀림없이 물리가 트이고 제대로 하게 된다.

그러니 포기하지 말고 시도해 보라.
처음은 서툴러도 나중에는 잘하게 된다.

양치기 소년은 막대기 하나로 양 백 마리를 몬다고 하지 않던가!

## 120
## 감옥

세상이란 크고 작은 감옥으로 만들어져 있다.

감옥이란, 창살이 있어야만 감옥이 되는 것은 아니다.
창살 있는 감옥은 교도소에 가면 있지만
그 안에서도 얼마든지 자유로울 수 있다.
반대로 창살 없는 감옥도 얼마든지 있을 수 있다.

그러므로 사람에게 있어 감옥이 따로 있는 게 아니다.
지금 내가 사는 삶이 자유롭지 못하다면
내가 있는 곳은 감옥에 다름 아니다.

우리의 삶이 매어 있는 데, 그게 바로 우리에겐 감옥이 된다.

## 121
## 생각에도 그림자가 있다

모든 존재는 그림자를 가진다. 따라서 자신의 그림자가 다른 존재에 그늘이 되지는 않는지, 늘 신경 써야 한다. 많은 사람들이 자신의 존재는 주장할 줄 알면서 그 존재로 인한 그림자는 책임지려 하지 않는다. 본의 아니게도 우리는 내 존재의 그림자가 그늘로 드리워져 다른 존재에 위해가 될 때를 종종 본다. 그러므로 존재는 자기 그림자가 다른 존재에 그늘이 되지 않도록 조심하고 잘 간수해야 한다.

존재 자체뿐만이 아니다. 존재가 일으키는 모든 작용에도 그림자가 생긴다. 따라서 내가 하는 말에도 그림자가 생기고, 행동에도 그림자가 생기며, 심지어 내가 하는 생각에도 그림자가 따른다. 그러므로 내가 하는 말이나 행동은 물론, 내 생각이 다른 존재에 그늘을 지우지 않도록 언제나 맑고 밝게 존재해야 한다.

때로 우리의 엉큼한 생각이 다른 존재에 그림자를 드리워 그 존재를 시들게 할 수도 있다.

## 122
# 인간의 위대성

인간의 위대함은 고통이 계속될 때, 순간순간 뱉어 내는 신음이 어느새 음악으로 바뀌는 데에 있다. 그 노래는 거의 무의식적으로 토해 내는 인생과 예술의 진수眞髓들이다.

우리나라 사람처럼 아름답게 우는 민족도 없다.
즉 곡哭은 곡曲이 되어 나온다.

## 123
# 말 대신 음악을

"음악에 대한 그 어떤 말도 음악보다는 못하다."고 쇼스타코비치는 말하였다. 사실 음악에 대한 어떤 칭송도 음악만큼 아름답게 들리지 않는다.

또 다음과 같이 말할 수도 있다. 자연自然에 대한 어떤 예찬도 자연보다 못하고. 사랑에 대한 어떤 찬미도 사랑 자체에 못 미치고, 꽃에 대한 그 어떤 미사여구도 그 꽃 한 송이만큼 아름답지 않다.

따라서 우리는 말을 줄여야 한다.
말하는 대신 음악을 듣고
말하는 대신 사랑을 하고
말하는 대신 꽃을 보는 것이 훨씬 더 좋다.

그런데도 우리는 말을 한다. 우리가 알고 있는 실체의 겨우 그림자에 불과한 말을 끊임없이 되풀이한다.

## 124
# 추억

추억追憶은 과거로 지은 집이다.

그 속에 들어가 쉴 수는 있다.

그러나 그 집에서 생활할 수는 없다.

## 125
## 과거의 한때

1.

과거過去의 어느 한때란 결코 짧은 시간이 아니다.
그건 때로 한 사람의 일생을 지배하는 긴 시간이다.

2.

현재의 시간으로는 이미 지나간 과거를 살〔生〕 수도 없고 또 과거를 살〔買〕 수도 없다. 그런데 얼마나 많은 사람의 얼마나 많은 시간이 과거를 살거나 과거를 사는 데 소비되는가!

## 126
# 게으름에 관하여

1.

게으름은 빗자루로 쓸면 쓸려지는 것이다. 지금 게으름에 빠진 사람은 빗자루를 들고 앉은자리라도 쓸어보라. 그러면 곧 게으름은 사라진다.

게으름은 게으름을 먹고 자란다. 그냥 두면 우선 자신을 덮고 세상을 덮는다.

2.

시간에는 두 가지 시간이 있는 것 같다.
무언가 하는 시간과 아무것도 하지 않는 시간이다.

3.

흐르는 물에서 정지한 물고기는 떠내려갈 수밖에 없다.
그건 죽은 물고기나 하는 짓이다.

## 127
## 후회

진정으로 뉘우치는 데는 단 하룻저녁이면 족하다.

그런데 일생을 두고 후회하는 사람이 있다.

후회란, 특히 가슴을 치는 후회란, 그 때 그 한 번으로 족하다.

# 128
# 후회 잘 하는 사람

내게 만약 얼마간의 후회後悔할 시간이 주어진다면, 다만 얼마라도 그 후회를 보상할 만한 일을 하겠다. 후회할 시간마저 없다면 후회할 수도 없는 것이고—. 최선을 다 했음에도 불구하고 후회할 일이 생기면 후회하지 않는 것이 좋다. 후회란 또 다른 후회를 낳는 법이다. 후회도 습관성이 되면 마약처럼 떨쳐버리기 어렵다. 어떤 사람이 일평생 후회만 하고 살았다고 하자. 그런 사람은 보다 더 나은 삶을 위해 후회한 것이 아니고 그저 과거에 대한 집착과 어리석은 미련 때문에 후회에 매달려 산 것에 불과하다. 결과적으로 그 사람은 후회하기 위해 산 것이고, 후회가 그의 일생을 산 것이 된다. 그러므로 후회로 자신의 삶을 낭비하지 말라. 또 매사에 쉽사리 후회하지도 말라. 그런데도 금방금방 후회하는 사람이 있다. 이런 이들에게 안성맞춤인 충고가 하나 있다.

"후회한 걸 후회할 수도 있으니 후회하지 말라."

## 129

# 원망과 그 해소

— 오해誤解와 이해理解

원망의 마음은 멀리 떨어진 거리에서 바라볼 때 생긴다.
가까이 다가가 자세히 보면 대부분의 원망은 해소된다.

따라서 대개의 경우 오해란 망원경으로 볼 때이고
이해는 현미경으로 볼 때 나타난다.

## 130
# 뒤보기

우리가 어떤 사람을 잘 알자면 반드시 그 사람의 뒤를 보아야 한다. 이는 우리가 집을 볼 때 집의 전면만 보고, 집 앞의 정원만 살피는 것이 아니라 집의 옆과 뒤도 돌아보고 뒤곁까지 살피는 것과 같다. 사람은 앞모습과 뒷모습, 그리고 옆모습까지가 다 다르다. 그럼에도 우리가 주로 보고 이야기하고 판단하고 평가하는 것은 그 사람의 앞모습이다. 이는 인간의 어느 일면만 보고 전부를 본 것으로 믿는 어리석은 일이다. 우리는 반드시 그 사람의 뒤를 보아야 한다. 뒤를 보는 방법은 실제 그 사람의 뒤로 돌아가 본다든지, 처음 한 말과 나중에 한 말의 차이를 본다든지, 시작한 일과 끝낸 일을 살펴보는 것 등 여러 방법이 있을 것이다. 무엇보다 어떤 사람의 앞모습에 현혹당하거나 압도당하지 말라. 앞과 뒤는 다르기 일쑤다. 심지어 호랑이에게도 뒤가 있다. 호랑이의 뒤는 앞에 비하면 아무것도 아니다. 앞만 보지 않으면, 동화에서처럼 우리는 호랑이의 등에 올라타고 달려 볼 수도 있는 것이다.

## 131

## 자살의 지경

— '자살' 을 뒤집으면 '살자' 가 된다

자살하려는 사람이 그 충동의 순간을 지나고 나면 살자는 생각을 하게 된다. 그를 자살의 지경까지 몰고 간 그 지경을 뒤집어놓고 보면 그는 자살이 아니라 살자의 경지까지 나아가게 된다.

따라서 쉬이 자살을 생각해서는 안 된다. 자살의 충동은 생의 충동과 상통하는 것으로써 생生의 의지意志에 다름 아니다.

# 132
# 바닥

바닥만큼 고마운 건 없다.
더 이상의 추락을 막아 주기 때문이다.

바닥은 추락이 끝나는 곳일 뿐만 아니라
이제 오르기 시작하는 곳이다.
바닥이야말로 마지막이 아니라, 시작인 지점이다.

# 133
# 뒤 당겨 보기
— 세상에는 뒤를 당기는데도 앞으로 가는 것이 있다

돼지우리에서 돼지를 끌어낼 때, 사람들은 십중팔구 돼지의 귀를 잡고 잡아당겨 끌어내려 할 것이다. 그렇게 해서는 결코 끌어내지 못한다. 이럴 경우 돼지의 뒤로 돌아가 꼬리를 잡고 당겨보라. 놀랍게도 돼지는 앞으로 튀어 나간다.

사람의 경우(특히 자식이나 청소년)도, 막무가내 앞으로만 당길 것이 아니라 뒤로도 한 번 당겨 보는 것이다. 그러면 의외로 목표하는 방향으로 나아가기도 한다. 이러한 방식은 종종 진척이 없는 일이나, 잘 풀리지 않는 사건에서도 효험이 있다.

뒤를 당겨 보라!
그러면 앞으로 나아갈 것이다.

# 134
# 자존심

자존심自尊心이란 무너지기 쉬운 것이다.

자존의 존자에 받침 하나만 빼면

한꺼번에 무너져 자조自嘲심이 되고 마는,

ㄴ이라는 받침하나로 겨우 버티는 그런 것이다.

## 135
## 횡단보도

인생살이의 긴긴 여정에서도 횡단보도 같은 것이 나온다.
그러면 우리는 쉽게 하나의 길을 건너 갈 수 있다.

따라서 먼 길을 두고 절망하거나 낙담하지 말라.
멀지 않은 곳에 횡단보도가 그대를 건네주기 위해
그대를 기다리고 있을지도 모른다.

# 136
# 절망

절망이란 실망의 단계를 지나 가장 마지막에 온다. 이때는 희망의 빛은커녕 더 이상 기대 볼 여지도, 여력도 없을 때이다. 그럴 때는 절망하지 말고 포기하는 것이 낫다. 손 탁 털고 일어서서 잊어버리는 것이다. 그리고 뒷일은 상황과 순리에 맡기는 것이다. 일이 절망적인 지경이면 별달리 해볼 방법도 없지 않는가?

그 다음 냉정하게 한 발짝 물러서서 일이 되어 가는 대로 지켜보는 것이다. 일에는 가끔 엉뚱한 일도 일어나며 자연의 순리에도 기적奇蹟이란 것이 있기 때문이다. 그러므로 절망 같은 것은 절대적으로 하면 안 된다. 절망은 본인은 물론 어느 누구에게도 유익하지가 않다. 실패에서는 배울 것이라도 있지만 절망에선 그것조차 없다.

거듭 말하지만, 허공도 짚을 게 있다.

그리하여 인간은 때로 허공을 짚고 일어나기도 한다.

# 137
# 쓰러진 자리

우리는 쓰러진 자리에서 다시 일어서야 한다. 쓰러진 자리, 그 자리야말로 다시 시작하는 자리이고 다시 일어서는 자리이다.

현재 불행한 처지에 빠진 사람은 그만큼 개선될 여지가 많은 사람이다. 일단 그가 현재의 처지를 이해하고 상황을 호전시키려는 시도를 하기만 하면 말이다. 또 현재의 상황이 나쁘면 나쁠수록 좋아질 여지, 나아질 여지는 더 많다.

역경逆境이란 것은, 그것이 단단하면 할수록 딛고 일어서기엔 좋은 것이다.

## 138
# 한 손의 도움

넘어진 사람이 일어나는 데는 많은 도움이 필요한 것이 아니다. 단지 그대의 한 손, 우리의 한 손만이 필요하다.

## 139
# 불만의 치료비용

불만의 치료비용은 얼마나 될까?

그 답은 불만을 거꾸로 읽으면 된다.

불만의 치료비용은 만 불이다.

대개의 불만은 만 불이면 치료된다.

만 불 정도의 돈이라면

일상사 대부분의 불만이 흔적도 없이 사라진다.

혹, 이 주장에 불만 있는 사람 나와 보라.

만 불로 웃지 않는 사람이 없으리라!

## 140

## 상관上官과 관상觀相

상관의 관상을 잘 봐야 승진의 문이 열린다.

왜냐하면 모든 관문에는 상관이라는 문지기가 버티고 있기 때문이다.

# 141
## 작은 것
### – 작은 것이 큰 것이다

1.

적으면 무기가 되지만, 많으면 숫자가 되고 무더기가 된다.

2.

'작은 것이 아름답다' 고들 말한다. 작은 것이 아름다운 건 그것이 작으면서도 크기 때문에 그럴 것이다.

작은 것은 사실 큰 것이기도 하다.

아주 작은 벌새나 다람쥐도 사자나 코끼리와 마찬가지로 존재에 필요한 모든 것을 다 가지고 있다. 그러므로 작은 것은 큰 것이 된다.

뿐만 아니라, 작은 것이 아니고서는 결코 큰 것이 될 수 없다. 강의 모래나 물방울들은 작기 때문에 큰 것이 되었다. 작을수록 모이고 쉬이 합쳐질 수 있어 강이 되고 바다가 되고 사막이 되었다.

## 142
## 가시와 코끼리

산처럼 큰 코끼리, 신전의 기둥같이 굵은 다리, 5톤의 무게를 떠받치는 코끼리의 발바닥에 박힌 눈곱만한 가시 하나가, 집채만 한 코끼리를 절뚝거리게 한다.

사람에게도 가시가 있을 수 있다.

작다고 가벼이 여기지 말고 하찮은 것이라고 업신여기지 말라. 그것이 언젠가 우리의 발목을 잡고 우리를 절뚝거리게 한다.

나의 가시는 무엇인가?

지금 그것 때문에 혹 절뚝거리고 있지는 않는가.

죄, 양심, 질투와 시기심, 태만과 독선, 아집과 자만심, 무지와 맹목 등등, 그리고 때로는 이념과 주의와 사상까지. 그런 것들이 가시가 되어 우리를 절게 할 수 있다.

# 143
# 듣기 좋은 말

듣기 좋은 말만큼 듣기 좋은 것도 없다.

듣기 좋은 말은 그저 그런 말일 뿐이지만, 또 대개 무책임한 말이기도 하다. 그냥 별생각 없이 듣기 좋으라고 한두 마디씩 하는 것인데, 이것이 지나치면 아첨이 된다. 아첨은 듣는 사람으로 하여금 분별력을 잃게 하여 모두에게 해로운 것이 된다.

듣기 좋은 말도 결코 좋은 것이 못된다. 이는 마치 우리가 입는 옷 위에 빛깔 나는 페인트를 칠하는 것과 같다. 나중에 보면 이 말 저 말, 이 사람 저 사람 한 마디씩 한 것이 더께더께 칠해져서 울긋불긋 무슨 도깨비 형상이 되고 만다.

우리는 그런 옷을 입고 다닐 수는 없다.

옷을 갈아입어야 한다.

## 144
## 허물
— 아무리 좋은 칠을 해도 허물은 허물이다

인간은 새롭게 거듭날 수 있다. 몸과 마음을 새롭게 하여 새 출발할 수도 있고 정신과 사상을 바꾸어 다른 사람으로 살아 갈 수도 있다. 이는 새롭게 태어남으로써 가능한 것이고 새로이 태어난다는 것은, 지금까지 덮어쓰고 살아온 구각, 즉 껍질을 벗어버린다는 뜻이다. 마치 매미가 여름 며칠 울기 위해 7년이나 쓰고 있던 껍질을 벗어놓는 것과 같고, 겨울잠에서 깬 뱀이 허물을 벗고 새 지평으로 기어가는 것과 같다.

사람도 허물벗기를 계속해야 한다. 늘 꿈꾸고 혁명해야 한다. 그렇지 않고는 진부한 삶, 구태의연한 삶에서 벗어날 수 없다. 새로워지려는 노력과 거듭 태어나려는 의지意志! 그것이 우리를 일신시키고 새롭게 시작하게 한다.

허물을 벗어 던져라! 껍질이 아무리 견고하더라도, 또 껍질이 아무리 번쩍거려도 허물인 한 벗어 버려라. 허물은 어디까지나 허물인 것이다.

# 145
# 흠

누가 흠이 없다면 그거야말로 그 사람의 흠이다. 우리는 그저 흠 없는 인간을 존경할 수는 있을지언정 결코 사랑할 수는 없다.

죄罪와 죄인罪人. 하느님이 미워하는 것은 죄이지만 하느님이 사랑하는 것은 바로 그 죄인이다. 왜 그럴까? 하느님께 자기 잘못을 뉘우치고 용서를 구하는 인간의 영혼이야말로 아름답고 고결한 것으로, 그보다 더 기꺼운 찬미는 없기 때문이 아닐까?

흠이라는 것은 바깥으로 드러난 것이다. 흠에 묻히고 가려진 좋은 점들, 훌륭한 점들을 간과해서는 안 된다. 그럴 때, 우리는 흠 있는 사람도 사랑할 수 있게 되고 죄인을 용서할 수 있게도 된다. 무엇보다 흠은 고칠 수 있는 것이 아닌가. 바로 그 점 때문에 하느님도 우리를 용서하는 것이리라.

## 146
# 용서할 힘과 복수

1.

내게 해코지하거나 잘못한 이를 용서하는 일은 말처럼 쉬운 것이 아니다. 그야말로 용기가 필요한 일이기도 하다. 용서는 아무나 하는 것이 아니라 용서할 힘이 있는 사람이라야 한다. 용서할 힘, 그렇다! 용서에는 능력이 필요하다. 그건 용기와도 다르고 기질이나 자질과도 다른 어떤 것이다. 대부분의 사람들은 용서하는 능력, 용서의 힘이 부족하다. 그럼에도 쉬이 용서하곤 한다. 그것은 진정으로 하는 용서가 아니라 마지못해 하는 용서이다. 만약 그들에게 복수할 명분과 손쉬운 방법이 있다면 대체로 용서 대신 채찍을 들것이다. 이는 남을 벌할 수 있는 사람들이 자기에게 잘못한 이를 어떻게 처리하느냐를 보면 알 수 있다. 권세 있는 자들도 복수할 힘은 있어도 용서할 힘은 없어 보인다. 용서의 능력이야말로 값지고도 아름다운 힘이다.

2.

복수가 수복이 되기는 어렵다. 아무리 완벽한 복수가 행해졌다 할지라도 완전한 복수, 즉 원상회복의 복수는 불가능하다. 그러므로 복수의 최상의 방법은 용서가 될 수밖에 없다. 그러나 용서라는 것은 함부로 해서는 안 된다. 진정한 용서는 내게 복수할 힘이 있을 때 해야 한다. 상대가 강하여 복수할 수 없을 때 베풀어지는, 주어지는 용서란 어쩌면 비겁의 다른 이름일 수 있다. 용서할 수 있을 때 용서하라! 다시 말해 복수할 수 있을 때 용서하라. 그것이 진정한 용서이고 진정한 복수이다.

## 147
## 생활에 관하여

누구나 생활을 사랑하면 행복해지는 법이다. 더구나 오래 행복하자면 반드시 그 생활을 사랑해야 한다. 생활이 안정되지 못하면 인생 또한 안정되지 못한다. 다시 말해 생활이 과도기에 처하면 인생 또한 과도기에 처해지는 것이다.

누구나 생활을 하면서 그 실체를 잘 모르는 경우가 있다.
생활의 정체는 비오는 날 굽는 지짐 냄새 속에 있다.

누가 어디에서 무엇을 하든 지금까지 생활을 해온 것이라면 그는 훌륭한 것을 한 것이다. 또 그걸 계속하고 있다면 현재도 훌륭한 것을 하고 있는 것이 된다. 그것을 잘 했든, 못했든, 또 그 내용이 훌륭하든 아니든 간에, 그는 삶에 있어서 가장 기본적인 그래서 가장 중요한 것을, 그리고 가장 훌륭한 것을 한 것이 된다.

## 148
# 평화 만들기

죽어 눈감으면 모두 '평화롭게 잠들었다' 라고 말한다. 이 말은 진정한 안식은 죽은 뒤에나 찾아온다는 슬픈 조사에 다름 아니다. 그러나 죽은 뒤에 누리는 평화란 무슨 소용이 있을까? 죽음의 세계가 무無이든, 공空이든, 또 다른 생이든 간에 평화란 사자에게는 무의미한 것이다. 필요한 건 삶 속에서 평화이고, 살아 있는 사람들의 평화이다. 그런 의미에서 평화는 죽은 자를 위한 평화가 아니고, 산 자를 위한 평화이어야 하고 현실에서 생동하는 평화이어야 한다.

죽은 자만이 누리는 영원한 안식과는 다른 산 자를 위한 살아 있는 평화란 어떤 것인가? 그것은 우리의 삶 속에서 끊임없이 볼 수 있고, 누릴 수 있으며, 만들어 갈 수 있는 평화이다. 심지어 인간은 전장에서도 잠시 포성이 멎는 사이사이 하늘을 바라보며 평화를 느낀다지 않는가. 그러므로 우리가 맞이하는 일상이라든지, 매일매일 영위하는 생활 속에서 그런 작은 평화들을 찾아 누리며 만들어가야 한다.

# 149
# 실수

인생이란 대개 실수失手로 판명된다. 그것도 마지막에 가서!

실수란 잘 드러나지 않는다. 더구나 인생에 있어서 결정적인 실수는 더욱 그러하다. 대개의 경우, 그것은 인생의 막바지에나 가서 —그것도 죽음을 눈앞에 두고서야— 정체를 드러내며 우리를 꼼짝없이 두 손 들게 만든다.

## 150
# 쓰레기

1.

모든 살아 있는 것은 오물汚物을 남긴다.
세상에 버릴 수 있는 것은 없다.
다만 다른 데 치우는 것에 불과하다.

2.

모든 물건은 쓰레기를 내재하고 있다.
내재된 쓰레기는 자체 논리에 따라 점유 비율을 높이다가
마침내 그 물건 자체를 쓰레기로 만든다.
그러므로 세상에 존재하는 모든 물건은 종국에는 쓰레기로 변한다. 따라서 무얼 만든다는 것은 결국 쓰레기를 만들어 내는 것이 되고 만다.
미래는 쓰레기를 생산하지 않는 생산이 최선의 생산이 되고
아무것도 만들어내지 않는 것이 가장 좋은 것을 만들어내는 것이 될 수 있다.

# 151
# 비좁음과 넉넉함

1.

좁은 속일지라도 속을 비우면 넉넉함을 얻는다.
반대로 아무리 넓은 속일지라도
채워 넣으면 속은 비좁아진다.

2.

쌓아두거나, 하나하나 치워 없애는 즐거움,
이 두 가지 즐거움을 다 알아야 진짜 행복할 수가 있다.

따라서 재물을 모으는 즐거움과 함께
모은 재물을 나눔으로써 얻는 즐거움이
사람을 부유하게 하고 넉넉하게 한다.

## 152
## 여울에서 흐르지 않는 곳

물살이 세고 빠른 여울에서도 모든 물이 다 흐르는 것은 아니다. 소용돌이치고 물살을 튀기면서 빠르게 흘러가지만 계곡의 모든 물이 다 그런 것은 아니다. 격류와는 상관없이 그것을 조금 비켜나 거의 움직이지 않는 물도 있다. 사람 사는 세상도 마찬가지이다. 얼마든지 고요함을 지키며 살 수 있다.

조용히
제자리를 지키며
거울처럼
하늘과
구름과
별을 비추고
산 그림자와
새 울음과
아침과 저녁을 비추며….

## 153
## 가만히 있음 되는 일들

세상에는 가만히 있으면 되는 것들이 많다.
특히 우리가 일이라고 생각하는 많은 일들도
가만히 있으면 되는 것들이 있다.

그런데 아무것도 안 하고 가만히 있기란
얼마나 어려운 일인지,
대개 잘못된 일들을 잘 살펴보면
가만히 있지 못해서 생긴 일들이다.

도무지 사람들은
애나 어른이나, 남자나 여자나 조용히,
나아가 고요히 있지 못한다.
무언가 일을 시작하지 않으면
꼼지락거리기라도 해야 하는 것이다.

## 154
# 아무것도 안 하는 것

아무것도 안 하는 것도 일이 될 수 있다.
그것도 가장 좋은 일을 하는 것이 될 수 있다.

사람에 따라선, 또 누구든 때에 따라선
아무것도 안 하는 것이
가장 좋은 일을 하는 것일 수가 있고,
아무것도 안 하는 것이
가장 많은 일을 하는 것일 수도 있다.

그러므로 자기든, 남이든
무언가 해야만 한다고 생각하지 말라.
그저 아무것도 안 하는 것이
가장 좋은 일일 수도 있고,
가장 많이 하는 것일 수도 있으니까.

# 155
## 영원한 새

죽은 새야말로 진짜 새다.

영원으로 날아간 새니까!

## 156
# 여백

여백餘白만큼 알뜰살뜰한 것도 없다.
그것은 때로 눈부시기까지 하다.

삶에도 여백이 있다.
생활로만 빽빽이 채워진 삶보다
여백이 있는 삶, 그게 아름답다.

그대의 하루, 그대의 삶에도 여백을 두라.

# 157
# 구름 속의 달

달은 공중 높이 떠 만물을 비춘다. 만약 밤에 달이 없다면 밤은 실제보다 훨씬 더 삭막하고 어두울 것이다. 달은 구름이 자기 얼굴을 가리는데도 개의하지 않을 뿐 아니라, 구름 속에서도 빛나기를 멈추지 않는다. 여전히 환하고 밝다.

구름은 잠시 달을 가릴 뿐 영원히 가리지 못한다. 달은 이내 구름을 벗어나 환히 웃는다. 그리하여 구름은 그저 달빛을 부드럽고 은은하게 하는 커튼과 같은 역할을 할 뿐이다.

달이 구름 속에서 숨었다가 나왔다가 할 때, 지상의 만물들도 그 모습을 드러내었다가 숨었다가 한다. 목 놓아 우는 한밤의 풀벌레 울음소리도 달빛에 젖어 환해졌다가 어두워졌다가 하는 것이다.

## 158
# 단식

단식도 식단食單의 하나이다.

아니, 단식斷食만큼 훌륭한 식단도 없다.

그대의 식단에 단식이 있는가? 없다면 단식을 넣어라!

# 159
# 비움은 없던 것을 있게 한다

허공은 비어 있음으로 해서
우주가 생길 공간이 되어 해와 달과 별이 생겨났다.

자루도 비어 있음으로 하여 곡식을 담고
그릇도 비어 있어서 물건을 담아 가지고
암소의 배도 비어 있어 새끼를 밴다.

그러므로 비어 있음은 축복이고 기회이니
비움으로 인하여 채워지고
모자람으로 인하여 넉넉해진다.

온갖 번민이나 잡다한 생각들도 머릿속에서 비워내자.
고요함이 깃들면 없던 것도 생겨난다.

## 160
## 부진의 원인

모든 부진不振의 원인에는
진부陳腐한 어떤 것들이 들어 있다.

그건 틀림없는 사실이다.
부진의 원인을 곰곰이 점검해 보자.
거기엔 틀림없이 흔해빠진, 상투적이기까지 한
몇 가지 원인들이 들어 있을 것이다.

누구나 쉽게 지적하고 경고하는
그런 진부한 원인들이
일을, 과업을 지연시키고
지리멸렬하게 하는 것임을 발견하고는
우리는 곧잘 혀를 차곤 한다.

# 161
# 남성과 여성

옛날에는 성차별 같은 것은 문제가 되지 않았다. 다만 공공연하게 사회적 성차별이 있었는데 그건 성性의 차별이 아닌 성차별, 즉 출생과 신분에 관련된 성姓의 차별이었다.

남성男性과 여성女性간의 성性차별의 벽은 성城과 같아 좀처럼 뚫기가 어렵다. 그러므로 남성은 男城이 되고 여성은 女城이 된다.

인류는 남성과 여성이라는 단 두 종류의 인종으로 구성되어 있을 뿐이다. 그리고 희한하게도 두 인종의 교미 속에서 두 인종의 합성물이 나오는 것이 아니라 여전히 두 종의 인류를 사이좋게 생산한다는 것이다.

## 162
## 이혼

이혼離婚이란 안전판이 있기에 사람들은 결혼한다.

세상은 이혼한 사람들과 이혼 할 사람들,
그리고 수많은 이혼할 뻔한 부부들로 이루어져 있다.

# 163
# 시작과 끝

1.

모든 시작에는 끝이 있다.

그리고 그 끝은 시작과 함께 시작된다.

그런데 시작 자체에는 끝이 없다. 존재하는 동안 우리는 무언가 새로운 것을 끊임없이 시작하려 든다. 비록 그것이 전혀 새롭지 않더라도 새롭게 시작한다.

2.

어떤 사람의 삶을 보면 그 사람의 끝도 알 수 있다.

마찬가지로 시작을 보면 그 끝도 어느 정도 짐작할 수 있다.

시작과 끝, 그 사이가 인생이다.

사람의 일생이 수많은 날들로 채워지듯

인생도 수많은 자질구레한 일들로 채워진다.

# 164
## 희망에 관하여

1.

우리가 처한 상황이 악화되면 악화될수록 그만큼 개선의 여지는 넓어진다. 더 이상 나빠질 것이 없으면 상황은 그때부터 호전의 기미를 보인다. 바야흐로 희망의 등불이 그 희미한 빛을 절망의 구렁텅이 속으로 조금씩 비추기 시작하는 것이다.

절망이란 절망의 땅에선 거름과 같다. 그놈이 썩어 묻히기만 하면 그 자리에선 어느새 희망의 싹이 자라나는 법이다. 오르막의 다른 이름은 내리막이고 내리막의 다른 이름은 오르막이다. 우리가 돌아서 방향만 바꾸면 모든 오르막길은 내리막길이 되고 내리막길은 오르막길이 된다.

2.

끝 다음에 오는 시작! 그게 바로 희망이란 것이다.

## 165
# 어른

1.

희망의 수치가 영(0)이 될 때 사람들은 어른이 된다.

사람들은 모든 걸 다 잃고서야 비로소 온전한 자신으로 남는다. 지금까지 그토록 열심히 추구했던 그 모든 것들을 포기한 후에야 진정한 자기 자신으로 돌아오는 것이다.

세상에 대한 희망과 신뢰를 잃으면 결국 남자들은 자기 부인에게로 돌아와 믿고 사랑하며 의지하게 된다. 다시 말해 늙고 별 볼일 없게 되면 결국 한 여자의 품이 사내들의 종착지가 되는 것이다.

2.

진보進步의 고향은 보수保守이고 진보주의, 전위주의의 고향도 보수주의이다. 따라서 얼마간의 세월이 흐르면 우리 모두들 고향을 그리워하게 된다.

## 166
# 세상 보기

1.

세상은 상세하게 보아야 한다.

대충 보아서는 보이는 것이 아니다.

2.

세상의 상식은 식상하기 쉬운가 하면

조건은 건조한 것이기 십상이다.

또 세상의 예의들이란 의례적인 것들이라

때로 무시하여도 좋은 것들이다.

# 167
# 진짜와 가짜

1.

가짜들이 횡행하는 곳에서는 진짜들은 대개 숨어 있다. 이와 반대로 진짜들이 있는 곳엔 가짜들은 섞여 있다. 그러므로 진짜와 가짜를 구분하는 식별력은 대단히 중요하다. 어떤 진짜는 너무나 귀해 오로지 가짜들이 흉내 낼 전범으로나 존재할 뿐이다. 그러므로 진짜가 없어지는 사회, 참이 사라지는 사회가 오면 가짜도 없어지고 만다. 그건 가짜가 더 이상 가짜가 아니라서가 아니라, 바로 그 가짜가 진짜로 행세하고 그렇게 통용되는 사회가 온다는 뜻이다. 즉 진짜가 존재하지 않으면 가짜는 더 이상 가짜가 아닌 것이다.

2.

충신이 백성을 위해 간언하는 데 비해 간신은 단 한 사람을 위해 간언한다. 그런데 그 단 한 사람이란 놀랍게도 왕이 아니라 바로 자기 자신이다.

## 168
## 사람과 사람의 관계에 대하여

1.

좋은 사람, 나쁜 사람의 절대적 구분은 있을 수 없다. 온 사회가 지탄하는 흉악범일지라도 그의 사랑하는 가족에게는 좋은 아버지, 좋은 지아비일 수 있다. 그러므로 세상에서 말하는 좋은 사람, 나쁜 사람은 내게 있어서 좋은 사람, 나쁜 사람으로 말해져야 된다.

2.

무엇이든 자기의 입장에서 태도가 결정된다. 겸손과 거만, 친절과 불친절, 호의와 악의… 이 모두가 상대적인 것들이다.

3.

바람은 언제나 바람이다. 다만 여름에는 시원하게 느끼고 겨울에는 차갑게 느낀다. 다시 말해 여름에 불면 산들바람이고 겨울에 불면 모진 바람인 것이다.

## 169
# 천국과 지옥

1.

천국과 지옥은 좁을수록 좋은 곳이다.

그래야만 본래의 취지에 맞는 합목적적이고 효과적이다.

사랑이 넘치는 곳에선

영혼과 영혼이 가까이 마주하고 있는 것은

더 없는 축복이지만,

증오와 저주가 넘치는 곳에선

더 없는 형벌이기 때문이다.

따라서 사랑으로 사느냐, 미움으로 사느냐가

천국과 지옥의 열쇠가 된다.

2.

어쩌면 지옥은 따로 없는 곳일 수가 있다.

천국의 평화, 천국의 사랑을 못 느끼면 그게 바로 지옥과 다름 아닐 터니까.

## 170
# 남자와 여자

1.

남자들은 여자에게 눈멀고
여자들은 남자에게 눈먼다.

나는 모든 남자를 좋아하고 모든 여자도 좋아한다.
남자는 내게 친구가 되어 주고
여자는 연인이 되어 준다.

2.

사랑 없는 섹스를 하느니, 섹스 없는 사랑이 낫다.
사랑 없는 섹스는 단지 섹스일 뿐이지만,
사랑 있는 섹스는 사랑의 행위가 된다.

## 171
# 소리 지르며 말하는 사람

1.

소리 지르며 말하거나, 자기주장만 하는 사람은 다루기가 아주 쉽다. 더 큰 소리로 말하면 된다.

소리 지르면 자기 목소리만 듣는다.

그건 스스로를 귀머거리로 만드는 우행이다. 남의 소리를 듣지 못하면 귀머거리와 다를 것이 무엇이겠는가?

2.

큰 소리와 잔소리가 싸우면 어느 쪽이 이길까?

물론 잔소리가 이긴다.

둑을 무너뜨리는 것은 황소의 뿔이 아니라

두더지의 앞발이다.

큰 소리는 오래 하지 못한다. 남는 건 잔소리,

끊임없이 쪽짝대는 잔소리가 큰 소리를 쓰러트린다.

## 172
## 노자와 장자

1.

나는 장자莊子보다 노자老子를 더 좋아한다.

노자가 더 작게 말하면서 더 크게 말했고, 더 적게 말하면서 더 많이 말했기 때문이다.

2.

소리가 나는 동안 세상은 소리가 주인이고 소리의 세상처럼 보인다. 그러나 모든 소리의 근저에 침묵이 있다. 소리의 현상에 현혹되지 말고 그 너머의 침묵에 주목하는 사람이라면, 겉으로 드러나는 세상의 온갖 소리들이란 고요의 한 순간 순간뿐임을 알게 된다. 다시 말해 무한으로 열린 침묵이 순간순간 몇 마디 소리를 내 보는 것에 불과하다.

고요를 충만케 하는 것은 고요이다. 텅 빔을 충만케 하는 것 또한 텅 빔이다. 그리고 세상에는 고요가 있다.

## 173
# 슬픔과 기쁨

1.

인간에게 감정이 없다면 슬픔은 없을 것이다.
그렇지만 기쁨 또한 맛볼 수 없으리라.

그런 의미에서 슬픔을 모르는 사람은 기쁨도 모르고
기쁨을 못 느끼는 가슴은 사랑도 못 느낀다.
사랑을 모르는 사람은 행복 또한 모르는 법
오직 슬퍼할 줄 아는 사람만이 사랑할 줄도 알고
기뻐할 줄도 알아 행복할 수 있다.

2.

우리의 모든 슬픔은 눈물로 용해된다.
바다 같은 슬픔도 결국 눈물 한 방울로 증류되고 만다.
그러므로 눈물은 흘리되 더 이상 슬퍼하지는 말라.

## 174
# 하루와 일평생

1.

하루살이에 있어서 하루는 인간에게 있어서 일평생과 같다.
그러므로 우리의 일생이란 하루살이의 하루와 같은 것이다.

2.

하루란 결코 짧은 시간이 아니다.
그 하루에 혁명革命도 할 수 있고 역사도 바꿀 수 있다.
그러므로 하루란 긴 시간이다.

# 175
## 욕심

욕심은 밑 빠진 병과 같은 병病이다. 아무리 갖다 부어도 채워지지 않는다.

또 욕심은 불과 같은 것이다. 모든 것을 재로 만들어 버린다. 욕심의 불은 마침내 자기 자신까지도 태워 한 줌의 재로 사그라질 때까지 꺼질 줄을 모른다.

결핍 증후군 환자들은 아무리 많은 것을 소유해도 가난을 느낀다. 결코 만족감을 못 느낀다. 어떤 사람이 결핍 증후군에 걸리지 않았다면 그는 부자라고 말할 수 있다. 아무것도 가진 게 없다 할지라도 가난을 못 느낀다.

작을수록 또는 적을수록 좋은 것들이 많이 있다. 그런데 진짜 적을수록, 또 작을수록 좋은 것이 있는데 바로 욕심이 그렇다. 그만큼 쉬이 충족될 수 있기 때문인데 그건 우선 나에게 좋고, 남에게도 좋으며, 무엇보다 욕심 자체에 좋다.

## 176
## 무미건조한 사람

감정이 메마른 사람은 물이 메마른 사막과 같다.
그러나 그도 붉은 선인장 꽃을 피울 수 있다.

당신은 어떤가?

가뭄 속에 핀 꽃이 붉고
가뭄 속에 익은 열매가 더욱 달다.

## 177
# 거미

거미는 엉금엉금 기어 다닌다.

그렇지만 공중에 날아다니는 것들을 잡는다.

거미는 기어 다닌다.

바닥이든, 천장이든, 벽이든 끝까지 기어갈 수 있다.

그리고 끝에서도 더 나아갈 수 있다.

사물의 끝이든

세상의 끝이든

거미에겐 끝이 아니다. 다만 시작일 따름이다.

그리하여 거미는 나아간다.

길 없는 곳에서 길을 만들며

막 끝난 곳에서 새로 시작하며

이쪽과 저쪽을 잇고, 하늘과 땅을 이어

공중에다 아름다운 집을 짓는다.

## 178
# 밑은 모든 위에 있다

10층이 높기는 해도 9층 없이 떠 있을 수는 없다. 그 9층은 8층 없이 떠 있을 수는 없는 것이고, 8층은 또 7층 없이 떠 있을 수 없다. 마찬가지로 7층은 흔히들 10층 아파트에서 로열층이라고들 하지만 6층 없이는 7층으로 있을 수 없고, 6층 또한 밑에 5층이 아니고는 떠 있지 못하고, 5층은 4층이 받쳐 주지 않으면 역시 있지 못하고, 4층은 3층이, 3층은 2층이, 2층은 1층이, 차례차례 밑이 되어 받쳐 주지 않으면 떠 있지 못한다. 그러므로 밑은 모든 위에 있는 것이다.

## 179
# 극한 상황
### — 상황이 '절박' 하면 누구나 '박절' 하게 된다

극한상황에서도 자기보다 다른 사람의 존재를 우선하는 것은 쉬운 일이 아니다.

시집온 지 얼마 안 되는 며느리가 있었다. 시어머니와 시할머니를 모두 모시고 살게 되었는데 마침 두 분 다 고혈압을 앓고 있었다. 어느 날, 시어머니가 쓰러졌다. 마루에서 일어서다 그대로 쿵, 넘어졌는데 놀란 며느리가 어찌할 바를 모르고 시할머니를 쳐다보았다. 그런데 놀라기는 시할머니도 마찬가지, 눈을 동그랗게 뜨고 빤히 보고 있더니만 얼른 장롱에서 우황청심환을 한 알 꺼내 그만 당신 입에 톡 털어 넣더라는 것이다. 그분도 고혈압이었으므로 미리 예방을 한 셈인데 며느리가 볼 때 무척 박절하게 느껴졌다는 것이다.

그렇다. 시어머니든 며느리든 상황이 절박하면 누구나 박절하게 되는 법이다.

## 180

# 교정校訂

— '교정' 은 '정교' 함을 낳는다

1.

정교함은 저절로 되는 것이 아니다. 수많은 교정 끝에 얻어지는 것이다. 그러므로 아무리 빼어난 천재의 작품일지라도 교정 없이 정교한 작품이 나올 수는 없다.

끊임없는 시행착오 끝에 만들어진 제도는 정교함을 지니게 된다. 따라서 오랜 전통과 제도는 그만한 값을 지니고 있다.

2.

작가란 작품을 쓰는 사람이 아니라 최소한 가작을 쓰는 사람이다. 시詩는 짓는 것이다. 그러므로 시인은 모름지기 짖어대야 겨우 알아준다. 좋게 말하면 짖을 때 그 울림이 커야 된다는 뜻이고, 다른 한편으로는 짖을 때 개처럼 시끄럽게 짖어야 된다는 뜻이다.

## 181
## 나눔에 관하여

가진 것을 주기란 쉽다.

쉽지 않은 것은 없는 것을 주는 일이다.

나눔이 완전하지 못한 것은

나누고 난 뒤에도 네 것 내 것이

여전히 존재하기 때문이다.

# 182
# 이웃

제 생활만 안온하면 그때부터 이웃 따위는 없는 것이 편하다.

잘못은 아무에게도 없는 경우가 있다. 그런 경우에도 사람들은 잘못을 누구의 탓으로 돌리려고 애쓴다. 우리는 때로 다른 사람들의 불행으로 위안을 받곤 한다. 마찬가지로 다른 사람의 행복 때문에 더욱 불행해지기도 한다.

이웃과 뗏목은 닮은 구석이 있다. 뗏목이란 그저 통나무를 몇 개 묶어놓은 것이지만 아무리 많은 통나무일지라도 묶어놓지 않으면 뗏목이 될 수 없다. 이웃도 마찬가지이다. 아무리 많은 이웃일지라도 서로 연대감으로 묶여 있지 않으면 아무 소용이 없다. 그건 그냥 강물에 떠내려가는 여러 개의 통나무에 불과하다. 세상엔 나쁜 인간, 돼먹지 않은 인간들이 많다. 그런 의미에서 좋은 사람들, 착하고 선량한 사람들에게 감사해야 한다. 이 점은 이웃의 경우엔 더욱 그러하다.

# 183
# 빚과 빛

빚 속에 사는 사람들은 빛 속에 사는 사람이다.

빚을 발음해 보라. 빛과 조금도 다르지 않다.

빛은 빚이 된다. 이는 빛 속에 거하는 사람들은 다시 말해 밝고 따듯한 양지에 사는 사람들은 어둡고 그늘진 곳, 즉 음지에 사는 사람들에게 빚지고 사는 것임을 의미한다.

이는 개인과 개인 사이에도 그렇고
국가와 국가 사이에도 그러하다.

따라서 우리는 나보다 더 못사는 사람, 더 불행한 사람들에 빚지고 사는 것이며, 나라나 민족 전체로서도 그런 것이다. 이를테면, 부유한 나라나 국민들은 아프리카나 일부 아시아 지역의 나라와 민족들에 빚지고 사는 것이다.

# 184
## 부자와 가난뱅이

부자들이란 돈이 없어도 못 살고, 돈이 적어도 못 산다. 그에 반해 가난한 사람들은 돈이 많아도 살고 적어도 살 뿐만 아니라, 돈이 없어도 산다. 다시 말해 가난한 사람들은 자기만 있으면 살아가는 사람이지만 부자들은 자기는 없어도 남은 있어야 살 수 있는 사람이다. 그들의 삶은 많은 경우 다른 사람들에 의지하기 때문에 그러하다.

오늘날의 모든 부富 ―재화와 용역―는 가난한 사람들이 만든 것이지만, 그걸 실제 누리는 사람들은 대부분 부자들이다. 즉 부는 창출과 소유가 구분되는 데에 묘미가 있다.

부자는 적어도 자기 지갑에 관해서는 자부심을 갖는다. 즉 부자는 자부의 사람이다. 그에 비해 거부, 굉장히 큰 부자는 모든 걸 거부할 수 있는 사람이다.

185

## 부모父母

세상에 가장 무거운 큰 벌罰이 있다면 바로 부모라는 벌이다.

죽은 부모가 좋은 부모이다. 그들은 자식을 효자로 만든다. 자식들은 해마다 어렵사리 모여 벌초와 성묘를 하고 제사를 지내며 거액의 돈을 들여 부모 무덤에 봉축을 높이고 석축을 쌓아 어떤 산 자들의 집보다 아늑하고 훌륭하게 꾸민다.

부모라고 모두 좋은 부모는 아니다. 우리는 흔히 부모라면 무조건 희생적이고 헌신적이라고 생각한다. 그러나 자식들과 마찬가지로 부모들 역시 좋은 부모가 아닐 수도 있다. 세상에는 부모 등골 빼 먹는 자식들이 있는가 하면 자식 등골 빼 먹는 부모들도 있는 법이다.

틀리게 가는 시계보다는 차라리 안 가는 시계가 낫다. 마찬가지로 틀리게 가르치는 선생보다는 아무것도 안 가르치는 선생이 나은 선생이다. 이는 부모도 마찬가지다.

## 186
# 노인과 젊은이

1.

노인은 늘 늙어 보이고 젊은이는 늘 어려 보인다.

젊은이가 보기엔 노인들은 모두 비슷비슷하다.

또 노인들의 눈으로 볼 때 젊은이들도 비슷비슷하다.

노인이란 늙지 않는 사람이다.

이미 늙었거나 더 늙을 것이 없으므로

늙는다는 건 젊은이들에게나 해당되는 일이다.

2.

노인은 죽음을 앞두고 있고 젊은이는 늙음을 앞두고 있다.

그러나 죽는 일을 두려워하는 것은 노인이 아니라 젊은이들이다.

## 187
## 노인

노인은 다 익은 열매와 같다.
그러므로 노인은 스스로를 추수할 수 있는 사람이다.

그 열매가 결실이 좋아 풍성한 수확을 하든
반대로 부실하여 빈약한 수확을 하든
탯줄로부터 이어온 삶 자체가 경이로운 것이다.

노인들은 삶을 끝까지 살아온 사람이다.
삶의 과정이 어떠했던, 평생을 살아 낸다는 것은
그리 쉽고 간단한 일이 아니니다.
노인들이 감내해온 평생 속에는
온갖 번민과 수고와 눈물이 들어 있어
그 무게는 세상만큼 무겁다.

그리하여 노인들은 삶의 마지막 단계에 이르러

조용히 지난날을 되돌아보게끔 된 은자隱者들이다.
그들의 머리를 덮은 은발은 생의 훈장으로 빛나
신神들도 그들을 알아보고 경의를 표하리라.

## 188
# 저녁 해는 길다

저녁 해는 길다. 아침 해는 금방 떠오르고 저녁 해는 천천히 진다. 하던 일마저 하라는 듯, 가던 길마저 가라는 듯 저녁 해는 길다. 해가 산 넘어 간 뒤에도 농부들은 밭을 열 고랑이나 더 매고 빨간 고추를 한 자루나 더 따며, 길손들은 저문 길을 십 리나 더 걸어 밤이 오기 전에 무사히 집에 도착한다.

저녁 해는 길다. 고추잠자리 낮게 내리고, 제비는 바람 없는 저녁하늘 물살 가르듯 날아다닌다. 멍에 벗은 소는 이제야 풀을 뜯고. 아침 해는 떠올라 금세 나절이 되지만, 하루를 끝내는 저녁 해는 저리도 순하고 천천하다. 불그레한 석양은 세상을 포근히 감싸며 아름다이 적신다.

저녁 해는 길다. 노년老年이 길듯이
남은 날들이 알뜰하듯이….